공돌이 아빠의 육아휴직 설명서

공돌이 아빠의 육아휴직 설명서

발 행 | 2020년 12월 30일

저 자 | Dr.A

펴낸이 | 한건희

펴낸곳 | 주식회사 부크크

출판사등록 | 2014.07.15(제2014-16호)

주 소 | 서울특별시 금천구 가산디지털1로 119 SK트윈타워 A동 305호

전 화 | 1670-8316

이메일 | info@bookk.co.kr

ISBN | 979-11-372-3026-2

www.bookk.co.kr

공돌이 아빠의

육아휴직

설명서

Dr.A 지음

목차

어제보다 더

오늘보다 더

사랑하는 아내와 아이들에게 이 책을 바칩니다.

0. 앞서가며

둘째가 가지기로 한 시점에서는 첫째의 동생이 생겼으면 좋겠다는 생각뿐이었다. 첫째만 있을 때보다 둘째가 생긴 지금은 집안에 웃음이 항상 돌아 좋은 기분이 생긴다. 둘째가 엄마 뱃속에서 점점 커가면서 육아휴직은 점점 현실로 다가왔다. 육아휴직은 사실 둘째가 생기기 전부터 생각을 하고 있었다. 첫째의 육아 및 기본적인 가족 의견이었다.

육아를 위해서 부모가 무엇을 해야 하나 라는 생각이 첫째를 키우면서 든 생각이다. 큰 선택사항은 아래와 같이 네 가지가 있다.

1. 보모를 둔다.

2. 어린이집에 보낸다.

3. 가족의 도움을 요청한다.

4. 부모가 키운다.

첫 번째와 두 번째는 일맥상통하는 옵션인데, 전혀 다른 사람들이 아이를 키워주는 것이다. 첫번째는 보모가 집안에서 아이를 키우는 것이고, 두번째 옵션은 아이를 집 밖에서 키우는 것이다. 집 안에서 있으면 아이가 편안한 집에서 커갈 것이며, 집 밖에서 크면 다른 아이들과 어울리며 새 사람들을 만나면서 커갈 것이다.

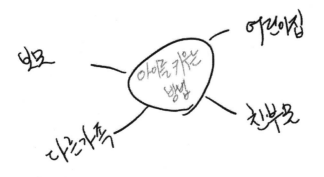

그림 1 아이를 키우는 네 가지 방법

하지만 위 두가지 선택사항에는 외인(外人) 바깥 사람, 나와 연결이 되어 있지 않는, 전혀 모르는 사람이 아이를 키우는 것이라는 큰 전제가 필요로 한다. 바깥사람에게 아이를 맡길 경우, 바깥 사람이 어떤 배경을 가지고 있는 사람인지, 부모로서는 매우 신경 쓰이는 문제일 수밖에 없다. 특히 최근 일어난 사건들을 보면, 영아 보육 시스템이 갖춰져 있음에도 불구하고 발생하는 일은, 바깥사람에게 과연 아이를 맡겨도 되는지 의구심이 드는 일이 빈번하게 발생하고 있어, 아이를 둔 부모들의 마음을 불안하게 만든다. 문제가 없으면 다행이지만, 문제가 발생했을 때에는 매우 큰, 말로 형언할 수 없는, 충격을 가시지 않게 만드는 일이기 때문에 두 번, 세번 신중해야 할 것이다. 가족의 도움을 요청하는 것도 여의치 않은 문제다. 가족의 나이, 체력, 형편 등이 모두 고려되어야 되기 때문에, 간단한 것 같으면서도 간단하지 않은 문제이다. 가족 내의 갈등이나, 부부의 갈등이 야기될 수

2

있기 때문에 하나하나 꼼꼼히 동의를 얻어가며 진행해야 할 사항이다. 네번째 부모가 키운다. 가장 속 시원한 전통적인 방법이다. 단 조건이 하나 있으니, 부모 모두 백수가 아니어야 할 것이다. 두 부모가 백수이면, 아이를 키울 경제력이 없어지기 때문에, 둘 중 한 명은 직장이 있거나, 경제력을 유지할 수 있어야 할 것이다.

본인의 경우에는 두 부모가 백수는 아니고, 직장이 있는 경우이다. 직장이 둘 다 있으면, 집에 둘다 없다는 것을 의미하고, 집에 있어야 하는 아기는 부모 없이 울어야 할 것이다.

이 모순적인 상황을 어떻게 풀어나가야 할까?

아이를 키우려면 집에 있어야 하는데, 경제력을 유지하기 위해, 집 밖에 있어야 한다. 결국에는 위에서 언급한 1,2,3의 선택사항 중 하나를 골라야 하는 것이다. 하나가 싫으면 다른 하나를 골라야 한다. 1번이 싫으면, 2번, 2번이 싫으면 3번, 3번이 싫으면, 1번 또는 2번을 골라야 하는 쳇바퀴 같은 선택사항을 어떻게 선택할 것인가?

아이 키우는 AI 로봇이 나오지 않는 한 1번, 2번, 3번중에 선택해야 한다.

첫째를 키울 때는 3번 가족의 도움을 받았다. 남편의 눈치 없는 행동이 여러 명을 피곤하게 했지만.

둘째가 엄마 뱃속에서 자라면서는 '4번 부모가 키운다'를 해

3

보기로 아내와 이야기를 하곤 했다. 부모가 키우긴 위해서는 맞벌이 회사 다니기를 잠시 포기한다는 말이다. 그러면 잠시 맞벌이를 포기하기 위해서는 퇴직, 휴직 둘 중에 하나를 해야 한다는 말이다. 물론 퇴직을 하면 영영 퇴직을 하게 되니 휴직을 하기로 결심을 하였다.

아내의 배가 불러오면서 출산휴가/육아휴직을 준비하였다. 일반 출산휴가 3개월, 일반 육아휴직 1년 (2018년 기준)을 아내 회사로부터 승인을 받으면서, 우리 가족은 다음은 남편 차례라고 이야기하였다.

이때 까지만 해도, 흠...... 내 차례도 오겠지 생각만 했다......

1. 배경설명

1. My turn

사실 둘째가 세상 밖으로 나오기 전에도 본인은 출장이 잦고, 중요 프로젝트를 운영해오고 있었고, 매우 중요한 시기에, 출산 시기가 맞물려 있었다. 이것 때문에 본인 회사에서도 눈치가 안보였을 리 만무하다. 본인도 출산이 되면 5일 출산 휴가를 써야했기 때문에, 반드시 프로젝트가 잠시 쉬어가는 타이밍이 되기를 간절히 바랬다. 바라면 이루어지는 것인가, 다행히 출산 휴가 (5일) 를 무사히 쓸 수 있었고, 이때부터 아내의 출산 휴가 (90일) 가 시작되었다.

배우자의 출산휴가를 잠시 집고 넘어가자면, 조선시대보다 못한 대한민국의 출산휴가 제도가 시행되고 있다고 한다.[1] 2019년 현재 출산휴가가 10일로 증가하여 나름 개선되었다.

출산휴가를 5일 (월~금)으로 쓸 수 있어서, 토일월화수목금토일, 9일을 쓸 수 있게 되었다. 나중에 주변에 물어본 결과, 출산휴가를 주는 회사도 많지 않다는 것을 알고, 아직은 제도가 개선되어야 할 점이 많은 것을 느꼈다.

---

[1] 세종은 애민정신을 바탕으로 8년 동안 세 차례의 논의 과정을 거쳐 산모[婢]는 출산 전후 130일간의 휴가를, 그 남편[使役人]은 출산 후 30일간의 휴가를 법적으로 보장받도록 하였다. 『역사로 보는 민주주의(2017)』의 내용(p. 51~54)

아내의 출산휴가에 이어지는 1년 육아휴직은 아내에게는 정신없는 육아휴직이었다. 한국나이로 네 살 첫째의 어린이집 등원을 선택하지 않았기 때문이다. 집에서 신생아와 네 살 아기 꼬마를 보살펴야 했기 때문이다.

2018년, 본인의 가족이 네 명이 되었다. 이때 구성원은 아래와 같다.

아내= 휴직=집에서 아이들을 돌보기,

첫째=아기 꼬마, 네 살, 울기, 웃기 떼쓰기, 걸어 다니기, 조금 뛰어다니기, 귀엽게 웃기

둘째=신생아

아빠=회사 다녀야 함. 8시에 집을 나가서 6시에 집에 오곤 함, 장기(2박 3일, 3박 4일, 4박 5일)출장이 많아 집에 잘 없음.

특징: 출장을 많이 감

특징: 엄마

막 태어남

귀여움

그림 2 기본적인 4인 가족의 구성원

아빠가 출장을 많이 다니는 회사에 다니기 때문에 가사 일
과 육아는 오롯이 아내의 역할이 되고 마는 상황이 자연적
으로 만들어져 버렸다. 아내가 이 상황을 받아들이느냐, 아
니면 아내가 툴툴거리면서 이 상황에 적응할 것인가? 어떤
사람이든 뻔히 보이는 난관을 쉬이 받아들일 리 없을 것이
다. 어린이집 안가는 꼬마와 신생아를 동시에 한사람이 돌
보기는 누가 봐도 어려운 일이니까 말이다. 이 때도 우리
가족은 "3번" 가족의 도움을 받기로 하였다. 부인은 날개 옷
을 입고 첫째는 손에 잡고, 둘째는 안고, 처가로 잠시 이주
해 있기로 했다.

처갓집은 아기가 두 명이 살고, 할아버지, 할머니, 처제, 아내까지 해서 총 6명이 사는 대가족이 일시적으로 형성되었다.

우리 집은 본인 혼자 사는 주말 부부의 집이 되어버렸다. (야호?) 야호라고 하기엔 일이 바빠 주중에는 거의 출장지에서 숙식을 해야 했기 때문에 집이 분명히 서운해했을 것이다.

반면 처갓집은 사람이 많고 아기 소리가 나서 분명히 집이 신나 했을 것이다. (이 문장의 주체는 집이다... 사람이 아니고)

아내가 날개 옷을 입었기 때문에, 본인은 나무꾼처럼 열심히 일했다. 주말에는 가족들을 보러 가고 주중에는 열심히 일하여 나무꾼의 역할에 충실하려 했다. 주말마다 아이들을 볼 때는 애틋한 마음이 가득하였다. 첫째를 주말마다 볼 때는 너무 행복했다. 한주 한주 커가는 아이를 볼 때면 내가 왜 일을 해야 되나 싶을 때도 있었다. 왜 아이를 낳으라고 하면서 아이 돌볼 시간을 주지 않는가 라는 생각도 들고, 왜 가족이 떨어져 있어야 하는 가도 생각을 해보고.

자녀를 낳아 놓고 보니 너무 좋았다고 생각이 되는 것이다. 그러니까 이런 생각을 하게 되는 것이 아닌가?

매일 옆에 있고 싶고, 매일 안아주고 싶고, 매일 놀아주고 싶고.

아기에게서만 나는 아기 향기를 매일 느껴보고 싶고.

아기가 너무 좋다는 것이 이런 것이었을까? 아기와 매일 있고 싶다.. 라고 생각을 할 때 내 차례가 올 것이라는 것은 자명 했고, 이런 생각을 하면 아내가 피식 하고 웃을 것이다.

너도 한번 아기랑 24시간 있어봐라. 흥

2. 첫째와 아내와 나

아내가 첫째를 바깥의 공기를 마시게 난 뒤, 아내는 갑상선 문제와 이러저러한 문제로 체중이 급격히 감소하였다. 고위험 산모로서 출산을 진행하여 의학적으로 또한 심리적으로 힘든 출산을 진행하였다. 아기는 뱃속에 있을 때가 좋다는 말이 있듯이, 우리 첫째는 세상 밖에서 엄마를 무척, 그리고 매우 좋아하였다. 그만큼 많이 달라 붙어있었다는 뜻이다.

모든 것이 어색했을 아기와 엄마에게는 서로도 어색했다. 수유의 노하우(know-how)도 없었고, 아기를 달래 본 적도 없어서 어색했다. 남편은 이때도 경제력을 핑계로 회사에 가 있었다 이때도 주말 부부를 약간 했다. 주말에만 아내와 아기를 만나러 갔기 때문에 당연히 회사에 가기 싫은 마음도 있었다. 이런 마음을 장인 어른께 표현하니, 이상한 생각 하지 말고 빨리 회사나 가라고 그러셨다.

아무튼 난 첫째의 신생아 시기를 회사에서 보내고 주말에만 신생아를 만날 수 있었다. 주말마다 볼 때마다 크는 첫째는 매우 사랑스러웠다.

사랑스러운 첫째와 24시간 붙어있는 아내는 날이 갈수록 살이 빠져갔다. 살이 빠져갈수록 아내의 신경은 날이 갈수록 날카로워졌다. 마치…… 음…… 이 말은 생략하겠다.

금요일 저녁에 차를 몰고 막히는 길을 타고 아기를 만나러 오면, 나의 체력도 약간은 떨어져 있을 것이다. 아내는 그런

나를 보고 주중에 잘 쉬었지? 자 이제 아기 봐...... 단 넌 잠을 자지 말아야 해.. 라고 했다.

아내는 옆에서 자고 아기가 울어서 깨면 아내를 깨워서 젖을 물리고 아기가 젖을 다 먹으면 다시 아내는 취침 모드로 들어갔다. 난.. 약한 초롱불 아래 아기랑 아내가 자는 모습을 뜬 눈으로 (사실은 반쯤 감긴 눈으로.) 보고 있으면...... 나도 졸린다.

그러다가 아내가 아기의 울음소리를 듣고 먼저 일어나서 나를 건들고 무서운 눈으로 날 보면서 아기에게 젖을 물린다. 난 부시시 잠을 깬 것도, 잠을 자는 것도 아닌 상태로 아기를 다시 안고 재운다.

아침이 되어 아내가 말한다.

"난 매일 밤 이런 상태야 하룻밤도 밤을 못 새면서 도와준다고 생색 내지마"

그렇다 아내는 아기의 울음소리를 두 세시간 간격으로 24시간 내내 듣고 있으면서 점점 점점 점점 날카로워 지면서 엄마가 되어 가고 있었다.

첫째는 울면서 그런 엄마와 아빠의 대화를 다 듣고 있으리라 생각된다.

그 시절 핸드폰 앨범을 보면 나와 아기의 커플 사진은 있지만, 아내와 나의 커플 샷은 드물다. 아내는 나를 주말에 와서 좋은 것만 누리고 가는 사람이라고 생각하고, 진정 나의 어려움을 느껴주지는 못한다고 생각했을 것? (생각했다). 하지만 어쩌겠는가, 돈을 벌려면 회사에 가야 되고, 돈 벌기 싫으면 회사에 가지 말아야지. 일요일 밤에 떠나는 나는 아기가 그립고, 아내는 나를 야속하게 생각했을지도 모른다.

아기는 24시간 항상 보살핌을 받아야 하는 존재다. 특히 신생아는 더욱 그렇다. 아빠의 도움도 필요하고 엄마의 도움도 필요하다. 사실 아기는 아빠와 엄마의 모두의 마음으로 태어나기 때문에, 혼자서 키우는 것 자체가 말이 안되긴 한다.

그럴 때면 또 생각을 하게 된다. 내가 왜 회사에 가야 할까, 나도 아기를 좀 돌보고 싶은데. 하지만 어쩌겠는가? 남자는 수유를 할 수 없다. 아이가 젖을 빨 때 남편은 손을 빨면서 쳐다보고 지켜보고 있어야 한다. 아니면 다른 일을 하면서 아내가 심리적 안정을 가져다줘야 한다. 이게 참 어렵다. 눈치가 있으면 잘 할 텐데, 눈치가 없어서 문제다.

말을 해야지 알아듣고, 그 말도 내가 알아들을 수 있을 정도로 명확히 말해줘야 하는 남편이라. 천리길 아내 속을 어떻게 알 것인가.

금요일 저녁부터 일요일 밤까지 아내와 나의 끝없는 신경전 속에 두 사람의 아기를 향한 사랑은 점점 깊어져 간다.

3. 6개월만에 엄마 찌찌를...

첫째가 어느 정도 클 무렵 아내는 복직을 하게 되었다. 아내와 나는 9시에 가서 6시에 오는 그런 회사원이다. 이때 첫째는 6개월된 아기였다. 엄마는 수유하기를 더 원했고, 이를 위하여 여러가지 방책을 마련한 터였다.

엄마가 6개월된 아기를 두고 출근을 하려니 맘이 아프다고 한다. 하지만 우리는 박사를 딴 사회인이다. 나라에서 장학금을 받으며, 고등교육을 이수하고 박사학위를 손에 두고 단지 엄마가 되려 하지 않는다.

여성이 사회에 나가는게 산업혁명 자본주의 때문 이야기도 있지만, 가끔은 나라에서 정책을 일관되지 않게 짜고 있다고 생각이 드는 때가 있다. 베이비붐 세대 후 산아제한 정책이 이어지면서 저출산이 이어진다. 저출산이 지속되면 나라의 경쟁력으로 연결이 되기 때문에 이를 다시 끌어올려야 한다. 하지만 베이비붐 세대 때 경쟁력을 이끌던 사회의 문화는 그대로 남아 있어, 출산과 육아는 여러가지 문제에 부딪히게 되는 것이라고 생각된다.

출산과 육아만 해야만 했던 시대는 뒤로하고, 출산+육아+사회인의 역할을 현재의 세대가 모두 떠안게 된 것이다. 사실 한국이 자본주의에 들어온 것은 전후부터 지금까지 60여년이고 시스템은 그보다 느리게 변할 것이니, 계속 발전해 나가고 있다고 보는 편이 났겠다. 어찌되었든, 아내는 복직을 해야 되었고, 아기는 집에서 있어야 했다.

고위험 산모로서 세상에 아기를 낳은 엄마는 아기를 어린이 집에 6개월만에 보낼 수는 없었고, 장모님께서 도와 주시기로 했다. 주중에는 장모님께서 아기집에서 아기를 돌보고, 주말이면 돌아가시는 형태로.

이것에 대해서는 여러가지 상황이 꼬여 있는데, 계속 한국에서 직장을 다니면서 임신을 했으면 달랐을 것이다. 우리 부부는 출산 바로 전에 귀국해서 무직인 상태였다. 바로 고학력 job seeker 였던 것이다. 아무튼, 한국에서 직장을 다녔으면, 아내가 출산휴가+육아휴직을 받고 첫째를 키웠을 것이다. 하지만 공무원, 교사가 아니었기 때문에, 출산휴가 30일, 육아휴직은 최대 1년이었을 것이고, 분위기로 미루어보아 1년을 꽉 못 받을 확률이 컸었다. 다시 시뮬레이션을 돌려봐도 6개월만 애를 키우고 회사로 돌아갔어야 하니, 이러나 저러나, 첫째는 6개월만에 엄마를 회사로 보내야만 하는 운명이었을지도 모른다.

복직을 한 엄마는 유축기와 한 몸이 되어 회사에서도 유축, 집에서도 유축을 하면서 젖병과 찌찌로 수유를 계속하였다. 이때 등장한 것이 젖병이다. 젖병에 모유가 가고, 이를 여러 번 활용해야 하니, 소독을 해야 한다. 소독을 하려면 물을 끓이고, 젖병도 소독하고, 꼭지도 소독해야 되고, 이를 잘 말려야 하고. 젖병만 소독하면 편하지, 어른들도 밥을 먹고 살아야 한다. 밥도 먹고, 설거지도 해야하고. 첫째는 천 기저귀를 사용하였다. 천기저귀에다 쉬도 싸고, 응가도 싼다. 이를 빨고, 소독도 해야 하고. 어떻게 이렇게 되었는지는 기억이 희미하지만, 우리 첫째는, 정성과 사랑을 받으며 무럭 무럭 자라고 있었다.

젖병 소독, 천 기저귀는 키우는 사람의 노동을 필요로 한다. 경제적이지만, 시간과 땀이라는 노력이 필요한 품목들이다.

첫째에 관련된 모든 것이 소중했다. 기저귀를 세탁하는 세 탁기, 기저귀를 세탁하는 세탁 세제, 말리는 방법 등이 남편 이 생각하는 상식과는 저 멀리.. 복잡하고 특별했다.

6개월만에 엄마의 찌찌와 생이별하는 첫째는 이를 위해서 모유클리닉도 다니고, 적응시키는 데에도 여러 특별한 모유 전문가도 만나봤다. 가장 인상에 남는 분은, 모유의 God, Park 선생님이셨다. Park 선생님께서는 여러가지 이야기를 해주셨는데, 가장 기억에 남는 구절은.. 엄마와 아빠가 아기 와의 관계에 있어서 자신이 있어야 한다고 했다.

당시 아내는 체력적으로도 딸리고, 정신적으로도 많이 지쳐 있어서 아기도 제대로 못 안겠다고 그랬는데, 그러면 안된 다고 단호히 말씀하시는 모습이 꾀나 인상깊었다. 그 말을 듣고, 나는 조금 더 아기에게 적극적으로 행동해도 된다고 생각했다. 아기에 대한 부모로의 곧은 자신감이 우리에겐 좀 부족했었다.

회사를 나가는 엄마로서는 아기에 대한 애착이 나날이 커갈 수록 그만큼 불안도 커갔다. 내가 아기를 안으면, 똑바로 안 아라, 아기가 편하게 안아라, 너는 잘 못 안으니 차라리 내 가 안고 말지. 아기를 편하게 하고 싶은 마음이 너무나 커

15

서 남편은 보이지도 않는 느낌이었다.

아직 6개월이면 찌찌도 더 먹어야 하는데, 이때, 1년 육아휴직이 얼마나 소중한지 알게 되었다. 1년이 지나면 모유도 충분히 먹고, 단유를 해도 되는 상황이고, 이유식을 먹고, 혼자 걸을 수 있는 아기가 되기 때문이다. 그리고 아기는 만 1세가 되어 직장어린이집에 등원할 수 있기 때문이다.

때문에, 우리 가족도 첫째가 만 1세가 되면 직장어린이집에 다니면서 엄마/아빠는 회사에 다니는 그런 시나리오를 그려보았다......하지만......

4. 어린이집

아이를 낳으면 주변의 이야기도 들으면서 키우게 된다. 여러가지 이야기를 하겠지만, 어린이집 이야기도 빠질 수 없다. 언제부터 어린이집을 보냈나..

이건 case by case로 부모의 연령, 직업, 환경, 가족 사항에 따라 매우 매우 달라진다. 참고로 미국의 어린이집(Day care)은 6주(42일)부터 받아준다. 여기저기서 이야기를 들어보면 한국에선 가장 빠른 경우가 100일 이후이다. 부모가 둘다 직업이 있거나, 학업 중이면, 이를 지속하기 위하여 아이를 어린이집에 보내는 경우가 있다. 집에서 키울 수 있으면 그게 가장 좋을 수도 있고, 아닐 수 도 있다. 선택은 각자의 몫이니, 어떤 선택을 하는지는 문제가 될 수 없다.

어린이집을 보내면 부모는 부모의 일을 지속할 수 있고, 아기는 아기를 잘 돌볼 수 있는 선생님들이 낮에 키워주어, 일종의 공동 육아가 되는 것이다. 낮에는 선생님이, 아침과 저녁에는 부모가 키우는 형태라고 생각된다.

우리 첫째는 6개월부터 엄마가 출근을 하여 유축 찌찌를 마시게 되는 상황으로 이어졌다. 어린이집은 좀더 있어야 등원할 수 있고, 그동안은 장모님께서 첫째를 전담마크하게 되었다. 어린이집에 갈 때까지만 이라고도 생각을 했는데, 주변의 이야기가 심상치 않다.

어린이집에 보내자 마자 감기에 걸렸어요

어린이집에 적응하니, 폐렴에 걸렸어요

폐렴을 이겨내니, 수족구에 걸렸어요.

수족구 다음에는 장염이에요.

장염 다음에는 콧물이 계속 나와요.

아이가 계속 아파요.

입원을 해야 해요. 수액을 맞아야 해요.

그래서 만 1세때 어린이집에 보낸 후, 등원을 포기하는 사례도 확인하였다.

아이의 아픔을 받아들이는 것은 온전히 부모의 몫이다. 아이의 잔병치레라고 넘어갈 수 도 있고, 잔병이 너무 많아 고통으로 받아드릴 수도 있다. 아이가 어린이집에서 아프면 어떤 식으로든 부모가 개입이 되기 때문에, 부모의 일에 지장을 주게 된다. 부모의 일에 지장이 되면, 공동 육아가 되지 않고, 균형이 깨지는 경우가 발생하기 때문에, 부모의 일을 지속하기 위해서는 어린이집에 보내려고 애를 쓰는 경우도 많다.

우리 첫째도 어린이집에 보내려고 하였다. 어린이집 입소 신청서도 써서 등원 확정서도 받아놓았다. 12월, 1월, 2월을 기다리면서 어린이집에 등원하여, 육아를 분담하는 사회생활 체제로 들어갈 수 있지 않을까 하는 기대를 가지면서 말이다.

우리 첫째는 35주에 태어난 2.53 kg의 미숙아다. NICU(신생아 집중치료실)에는 들어가지 않았지만, 0.03 kg의 차이로 들어갈 뻔했다. 우리 가족 모두 진심으로 사랑을 담아 아이를 키웠다.

보통 아기들은 12개월이면 걷는다고 한다. 우리 첫째는 12개월 때 기어 다니기 시작했다. 좀 걱정이 되긴 했지만, 어린이집을 갈 때쯤이면 걷겠다는 낙관적이 생각을 하고 좀 더 지켜보았다.

1월이 되도, 2월이 되어도, 첫째는 기어 다녔다. 어린이집에 갈 생각이 없는 아기 같았다. 22개월때까지 기어 다녔다.

날 계속 집에서 키워주세요! 하고 외치는 첫째였다.

물론 그렇게 말하지는 않았지만, 말도 못하고, 기어 다니는 아기를 걸어 다니는 어린이들과 함께 지내라고 할 수는 없었을 것 같았다. 주변에 알아보니, 어린이집에서 기어 다니는 아기들도 등원한다는 경우도 있었다고 하지만, 차마. 어린이집에 보낼 수 없다고 결정하게 되었다.

이때까지 우리는 아직 회사를 다닌 지 1년이 지나지 않아, 부모 양쪽 모두 육아휴직을 사용할 수 없었다. 박사들이 막 다니기 시작한 회사를 그만들 수 없고......

첫째는 그렇게 어린이집에 가지 않고, 부모가 아닌...... 할머니의 진정한 육아휴직이 시작되었다.

14개월 둘째

나는 아직 14개월이지
난 계속 기어다니고있지

아주 빠르게 기어 다닐 수 있지

방향 전환도 아주 빠르지

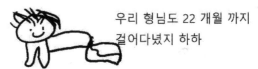

우리 형님도 22 개월 까지
걸어다녔지 하하

그래서 나도 쭈욱 기어다닐 거야~

그림 3 기어다니는 둘째: 첫째가 22개월에 걸었다. 우리 둘째는 과연 언제 걸을까? 14개월인데도 기어 다니는 둘째가 마치 첫째를 다시 보는 것 같았다. 하하하.

5. 할머니의 육아휴직

첫째가 걷기가 싫다고 하고, 아빠는 회사, 엄마도 회사를 가야 하니 아기는 혼자 집에 있어야 한다. 이를 위해서 다시 선택을 한다. 엄마가 회사를 가지 말까, 아빠가 회사를 가지 말까? 아니면 가족이 도와줄까? 아니면 외부인이 도와줄까? 결국에는 할머니께서 육아 휴직을 하신다.

돌이켜보니 아빠가 육아휴직을 할 수는 있었다. 회사를 1년 다니면 육아휴직을 할 수 있는 기회가 생기니 말이다. 하지만 어떤 남자가 회사를 1년 다니고 난 직후에 육아휴직을 할 수 있을까? 사실 이런 경우는 많지 않을 것이다. 아빠가 육아휴직을 하려면 아직 외부의 시선, 눈치가 많은 정도이니 말이다.

사실 입사 오리엔테이션때도 들었다. 남자는 1년 육아휴직을 할 수 있고, 여자는 3년 육아휴직을 할 수 있다. 하지만 남자는 눈치가 많이 보여서 육아휴직을 잘 하지 않는다고 설명을 들었다. 입사 오리엔테이션때 눈치 라는 말을 섞어가면서 규정을 설명 들었을 때는 흠. "그래도 할 수 있다는게 어디야"라고 자신감을 가지긴 했다. 언젠가 내가 사용할거니까 말이다 라는 생각을 하면서 말이다.

본론으로 돌아와서 할머니께서 육아휴직을 시작하게 되었다. 할머니께서 돌볼 사람은 아기뿐만이 아니었다.

1. 출근하는 엄마

2. 출근하는 아빠
3. 젖병
4. 천기저귀
5. 기타 등등
6. 그리고 아기

출근하는 엄마 아빠의 아침 식사, 저녁 식사를 챙겨야 하고, 하루 일과 중에 생기는 유축 모유를 위한 젖병, 아기가 생산하는 기저귀 등, 오로지 육아휴직이 아니게 된다.

'황혼 육아' 언론에서 많이 이야기를 한다. 황혼 육아가 싫어서 자식들과 갈라서는 부모도 있다고 하는데, ... 정말로 이렇게 까지 해야 되나 할 때도 싶었다. 하지만 이렇게 못하면 대안이 몇개 없는 것도 사실이다. 육아도우미를 쓰려고 해도, 신뢰 문제, 경제문제가 따라오기 때문에, 이를 해결하기 위해서는 아직도 갈 길이 멀다고 생각한다. 신뢰 문제는 철저한 도우미의 이력관리, 경제문제는 나라에서의 지원이 필수적이라고 생각된다.

보통 지원은 출산 시에만 지원되는 일회성에 그치기 때문에, 신뢰와 경제를 지원해주는 보조 정책이 따라왔으면 하는 생각이다.

사실 할머니께서 너무 많은 고생을 하셨다. 타지에서 일요일 밤이면 차에 몸을 싣고, 아기집으로 오시는 할머니가 되기는 쉽지 않을 것이다. 금요일 저녁에 올라가시고, 일요일 저녁에 돌아오시는 할머니가 되기는 정말 쉽지 않다.

가끔 금요일에 휴가를 써서 할머니께서 일찍 퇴근하시면 할머니께서도 해방이다!! 라는 말이 절로 나올 정도였으니까 말이다.

다행히 아빠가 휴가를 좀더 유연하게 쓸 수 있어서 아기를 많이 만나러 왔다. 할머니께서 혼자 있는 시간을 줄일 수 있다는 말이다. 아빠가 휴가 때면 주말이면 북새통인 병원에 주중에 예방접종을 맞으러 가거나, 그런 일을 했다. 하지만 할머니를 할머니 댁으로 모셔갈 수는 없었던 것이 뭔가 아이러니 했다.

아빠와 엄마는 할머니와 아기와 한 가족처럼 되고 있었다. 아기도 할머니를 많이 좋아했다. 할머니께서는 엄마/아빠/아기와 다른 방에서 주무셨다. 아기가 사물을 다루고 기어 다닐 때쯤 장난으로 자기 전에 이방 저방 왔다 갔다 하면서 놀던 때가 있었다. 할머니방에서 까꿍하고, 엄마아빠 방에서 까꿍하면서 집안이 웃음으로 가득 찰 때면, 다같이 살면 좋겠다...... (누구 좋으라고?) 라는 생각도 해보았다.

비가 오는 일요일 저녁에 오시는 할머니가 걱정되어 가족 다 같이 역으로 마중을 나가기도 했다. 역에서 만나는 할머니는 언제나 활짝 웃는 모습으로 나오셔서 항상 감사한 마음을 지니고 있다.

할머니께서 육아휴직을 하셨지만. 휴직 중에도 언제나 다가오는 복병이 있다. 바로 감기다. 할머니께서도 감기에 걸리실 때가 있다. 이때는 엄마 아빠가 휴가를 써야 한다. 둘 중

24

에 한 명이 휴가를 써서 아기와 함께 해야 한다. 빨래도 해야 되고, 어른 밥도 해야 되고, 아기 밥도 해야 되고, 이럴 때 육아와 가사를 모두 해보는 철없는 엄마 아빠였다. 물론 주말에도 하지만, 달력에서 주말의 절대량보다, 주중의 절대량이 많은 것이 어찌하랴. 육아를 위해서는 달력을 주말로 가득 차게 만들고 싶은 것도 현실이었다.

할머니께서는 정성으로 타지에서 아기를 돌봐 주셨다. 둘째가 태어나기 직전까지.

말 못하는 아기와 함께 있는 것이 얼마나 힘든 것인지는 아빠가 육아휴직을 하면서 하나씩 깨우치게 된다.

6. 수유의 끝판 왕

첫째를 키우면서 느낀 점이 있다. 모유 먹이기도 힘들고, 분유먹이기도 힘들다. 모유를 먹이기 위해서는 엄마의 체력이 뒷받침되어야 한다. 엄마가 수유를 위해서 3시간 간격으로 일어나야 하는 것 (신생아 때), 젖을 잘 돌게 하기 위한 노력 등은 오직 엄마만 할 수 있다. 때문에 엄마가 이를 잘 하면 성공적인 수유를 할 것이고. 뭔가 다른 이유가 있으면 분유를 먹일 수도 있다. 분유가 좋다. 모유수유가 좋다 등 둘 중에 어느 것이 더 좋은 것은 없다고 이미 **학계에**[2] 많이 알려져 있으나, 우리 엄마는 개인의 선택으로 수유를 해보 겠다고 마음을 먹었다.

뭐 이를 말리는 남편은 없을 것이다. 하지만 엄마가 출근을 시작하면서부터 수유가 남편의 입장에서 더 힘들어졌다. 출근을 하면 9시부터 18시까지는 아이는 생젖을 먹을 수 없 다. 엄마가 물리학적으로 아기로부터 1 km 이상 떨어져 있 으니 말이다. 이를 해결하기 위한 방법으로, 젖을 미리 짜 놓아 냉장고에 넣고, 이를 데워서 아기에게 먹이는 유축 수 유 방법이 있다.

우유의 유통과정하고 비슷한데, 우가 아닌 모가 유를 생산

---

[2] https://kidshealth.org/en/parents/breast-bottle-feeding.html (Breastfeeding vs Formula feeding, Elana Pearl Ben-Joseph. MD)

하는 것만 빼고 매우 유사하다.

남편이 보는 직접 수유는 아래와 같다.

1. 아기가 운다.
2. 젖을 물린다.
3. 엄마는 휴식, 아기도 휴식

3단계로 꽤나 간단하다.

하지만 유축 수유의 방법은 좀 번거로워진다. (아래의 경우는 유축한 모유를 먹이는 과정을 설명한다.) 가끔 직접 수유를 한다고 하는데, 유축 리듬이 깨지는 일이 생긴다고 한다.)

1. 아기가 운다
2. 젖병에 담긴 모유를 냉장고에서 꺼낸다.
3. 젖병 데우는 기계를 이용하거나 따스한 물을 이용한 중탕 방법으로 모유를 데운다.
4. 적당한 온도로 데워졌는지 확인한다. 이때, 젖병을 열어 손이 안 닿게 병균이 들어가지 못하게 확인한다.
5. 소독된 젖꼭지를 찾아 끼운다. 이를 확인하지 않으면 큰일난다.
6. 아기를 안고 젖병을 물린다.
7. 젖병을 먹일 때 공기가 나오지 않도록 세심한 주의를 기울이며 계속 관찰한다.
8. 아기가 다 먹는지 본다.
9. 트림을 시킨다.

10. 젖병과 젖꼭지를 씻는다. (또는 모아둔다. 한꺼번에 씻으려고)
11. 엄마는 한시간 있다가 또 유축한다.
12. 유축을 위해 사용한 기자재를 소독한다.
13. 유축한 모유를 냉장고에 보관한다.

무려 13단계로, 직접 수유의 3단계보다 4배 이상의 노력이 필요하다. 설명서의 내용이 길어질 뿐만 아니라 이때 들어가는 정신적 노력이 더 필요한데 이는 4배가 아닌 40배라고 생각된다. 아내가 40배 예민해진다고 생각해보아라.

유축 수유방법은 아내가 40배 예민해진 상태에서 진행된다는 것을 그때는 왜 몰랐을까?

흔히 수유의 끝판 왕은 유축 수유라고 말하는 사람들을 보며, 나도 충분히 공감한다. 그 중에 가장 힘들고 고된 일은 40배 예민한 아내를 받아주는 남편이다. 하하하!

물론 고생의 정도는 아내가 더 크다. 민감한 아내가 나한테 화를 낼 때면 나도 화가 날 때도 있다. 그래서 말다툼을 할 때도 있고, 스르르 넘어갈 때도 있다. 물리적으로 젖가슴이 달리지 않았다고 해서 남편도 아무것도 안한다고 힘들지 않은 것도 아니다. 옆에서 지켜보는 것도 힘들 때도 있고, 공감하기 위해 노력하는 남편도 있다. 이것도 힘들다고 하면 무슨 등 짝 맞을 소리를 하냐고 할 수도 있지만, 물리적으로 다른 게 남자로 태어난 것은 어떻게 할 수는 없지 않을까? 아내의 힘듦을 받아 주기 위해 더욱 큰 그릇을 가진 남편이 되어야 한다. 큰 그릇을 가지기 위해 무던히 노력해야 하고 지금도 그러려고 노력하고 있다.

유축 수유를 하는 당시에 보기엔 사소한 것에도 짜증내는 아내를 보며. 아.. 유축 모유를 꼭 줘야 하는 것인가? 라고 생각할 때도 있었다. 그래서 분유를 한번 아기에게 물려보았지만, 분유를 거부하는 우리 첫째.

역시 아기는 사랑이 최고라고 생각했나 보다. 예민한 엄마와 아빠가 만들어내는 유축 모유를 즐기면서 크게 되었다.

이러한 예민한 상태는 단유가 될 때까지 계속 진행되었고, 단유는 아기가 모유가 싫다고 의사 표현할 때에 하루 만에 이루어졌다. 단유가 되고 나서는 엄마는 술도 마실 수 있고, 회도 먹을 수 있게 되어, 엄마에게 첫번째 자유가 선포된 날이었다.

수유가 끝나고 맥주 한잔을 마셔 얼굴에 홍조가 올라 기분 좋은 아내의 얼굴을 보며, 아기가 엄마 얼굴을 만져보았다. 엄마는 아기가 단유 할 정도로 큰 것만으로도 좋았을 것이고, 자유를 보장해 주어서 좋았을 것이며, 아기는 따스한 엄마 얼굴을 만지며, 이유없이 좋았을 것이다. 물론 남편이 최고로 좋았다. 이제 엄마가 40배 예민하지 않으니까.

7. 심리적 안정

첫째 때 약 임신 5개월때 산모가 전치태반(Placenta Previa) 판정을 받게 되었다.

대부분의 사람들은 전치태반인가보다 하지만, 산모에게는 매우 큰 위험이 있는 임신이다. 마치 풍전등화 같은 상태이다. 태반이 원래에는 아기집 위쪽에 있어야 하지만, 아기집 대문에 위치한 상태가 전치태반인데, 태반은 혈액을 잔뜩 머금은 조직이라, 아기집 문에 자극이 있을 때마다, 조직에 자극을 가해, 혈액이 언제 어떻게 터질지 모르는 상태를 약 5개월동안 지속해야 한다. 임신 말기에는 자궁 수축이 자주 오는데, 이 때문에 태반에 자극을 줘, 큰 출혈을 동반하는 경우가 대부분이다. 신체적으로는 항상 긴장을 해야 하고, 정신적으로도, 언제 어떻게 다가올 핏빛 미래를 대처해야 하는 긴장상태를 가져야 하기 때문에 남편도 조마조마 하고, 산모도 조마조마하다.

예를 들어, 여행을 가고 싶다고 생각을 해도, 언제 어떻게 핏빛을 보게 될 줄 모르니, 비행기도 못 타고, 자동차도 못 타고, 최대한 집에 있어야 한다. 남편 또한 아내가 언제 어떻게 될 줄 모르니, 최대한 아내 가까이 붙어야 있어야 한다. 도움을 줄 사람이 반드시 필요하니 말이다.

그러다가 결국 임신 말기에는 가느다란 핏빛을 보고 난 후에, 입원을 하게 된다. 자궁 수축제를 일주일 이상 맞아가며 상태를 관찰하였지만, 상태 개선은 없었고, 아주 커다란 빅

이벤트를 병상에서 확인하게 된다.

이때는 정말 놀랐다. 병원에서, 자동차에 물건 좀 가지러 다녀온 사이, 병상을 확인하니, 정말 의사가 어디 있나 생각뿐이었다. 다행히 바로 옆에 의사가 있어서, 의사선생님을 붙여 놓고, 본인은 도움 안되는 간병인은 병실 밖에서 대기하였다. 당사자는 더욱 놀랐겠지만, 보통 더 놀라는 사람은 주위 사람이니, 병실에 있는 모두 놀랐을 것이다. 의사, 간호사, 인턴, 레지던트, 그 외 입원 인들......

다행히 최악의 상태로 치닫지 않고, 상태가 호전되어, 다음 날 첫째는 세상 밖으로 나오게 된다.

결혼을 하게 되어 2세를 가지게 되면, 여자는 임신, 출산, 육아를 하게 된다. 반면 남자는, 아내의 심리적 안정을 최대한 지원해야 하는 것 외에는 육체적으로는 크게 도움이 안된다. 이 간극을 어떻게 매워야 하는 것인지. 나가서 호랑이 한 마리를 잡아와야 하는 것인가?

보통 출산이 있는 반면 고위험 출산도 있기 마련이다. 이럴 경우에는 위의 간극이 더욱 더 벌어지게 된다. 그래도 남편이 할 일은 아내의 심리적 안정을 최대한 지원하는 것 말고는 없다. 나중에 아기가 젖을 떼고 나면서부터 남편이 아이를 최대한 돌보는 것도 답이 되겠다.

본인 같은 경우는 첫째 때 아내와 아이를 친정에 맡겨 놓고, 타지의 회사에 출근했기 때문에, 출산 후, 아내의 심리적 안정에 기여를 많이 못한 경우다.

둘째의 경우도 비슷하게 흘러갔다. 회사 일이 타지에서 출장도 많고, 기여도가 나날이 증가하여, 주중엔 회사, 주말밖에 아이와 아내를 만나는 날이 많았다.

주말 부부가 흔히 가족 최대의 복이라고 한다. 삼대가 덕을 쌓아야 할 수 있는 주말 부부.

평소에 소통이 많은 부부라도, 신생아를 가지고 있는 주말 부부이면, 주말마다 싸울 것 같다. 왜냐하면, 아내의 신경은 온통 아기한테 가기 때문에, 남편과 소통할 시간이 없을 것 같기 때문이다. 잠도 못 자는 아내의 핸드폰으로 남편의 화상통화 요청이 오면, 먼저 짜증이 나겠지 생각이 든다. 그래서 소통이 부족하기 때문에, 주말에 만나면, 부족한 소통을 채우려고 하다 보면, 서로의 간격 (Gap) 만 확인하고, 그 간격을 확인하면서 오해가 만들어지고, 오해가 생기면 말싸움으로 이어지기 때문이다.

물론 본인도, 그 오해가 주말마다 쌓이고, 주중에는 말싸움 안해서 오히려 편안한 상태가 지속되기도 했다. 주말에 아내가 보기는 싫고, 아기들만 보고 싶었을 때도 있다. 그래서 아이만 데리고, 아이와 데이트를 즐긴다는 지, 하는 경우도 있었다.

그러면서 아이와 나의 심리적 안정을 꾀하고, 아내도 나를 보지 않음으로써 심리적 안정을 꾀했을 지도 모른다.

결혼 직후에는 서로의 사랑을 확인하기 위한 심리적 안정을 중요시하지만, 출산 후에는 아이를 키우기 위한 환경을 만들기 위한 심리적 안정을 더욱 더 도모하게 되는 경향이 있다. 아내는 당연히 아기의 '건강'을 최우선시 한다. 아기가 잘 먹고 잘 자는지, 체중은 잘 증가하는지, 아기가 잘 크기 위한 환경을 위해서 어떤 품목이 필요한지, 아기 사진을 잘 찍기 위한 방법은 뭐가 있는지.

남편은 심리적 안정을 위해 무슨 생각을 했을까?

남편이 편하려면 누가 편해야 하는가, 아내가 편해야 한다. 아내가 편하려면 아기가 편히 있어야 한다. 물론 아기가 편히 있진 않는다. 아기가 편히 있지않으니, 아내라도 편히 있어야 내가 편한다. 아내는 한시도 편히 있지 않는다. 내가 편히 만들어보려 해도, 아내는 도저히 편히 있지못하고, 그렇게 안한다. 오직 아이만 신경 쓰게 된다. 남편을 위한 심리적 안정은 먼저 포기해야 한다. 아내를 위한 심리적 안정을 도모하는데 온 신경을 쓰기 때문에, 일단 남편을 위한 심리적 안정은 회사에 가서 회복해야 한다.

어쩔 수 없다. 남편은 잠시, 집안일을 잊고, 나를 위한 시간을 가져야 한다.

그래, 남편은 회사에서 일을 하면서 자아 성취와 체력 회복을 해야 한다. 아내가 "넌 회사에서 쉬고 오잖아"라고 말하면, "그래, 회사에서 일도 힘들게 해서 힘들지만, 체력적으로는 쉬는게 맞아." 라고 인정해야 한다. 하지만 정신적으로라도 회복은 해야 한다고 생각한다. 잠시 생각을 잊어버리면서, 아내와 아기는 잘 있다고 생각하면서, 나는 나대로 잘 있어야지, 내가 아내와 아기의 안위를 24시간 생각하면 아마 본인의 뇌는 타버릴 것이다.

좀 이기적일지는 몰라도. 아기를 키우려면 살아남아야 한다. 심리적 안정을 꾀하면서 말이다.

8. 숫자놀이

둘째가 세상에 나왔다. 첫째가 둘째를 안아주고 뽀뽀를 해준다. 아이가 울고, 엄마 찌찌를 찾고, 아빠는 엄마가 힘들면 아기를 안는다. 물론 아빠가 아기를 그냥 안아줄 때도 있지만, 계속 안고 있으면 온몸이 아프다. 아이가 젖을 찾을 때면, 엄마한테 가니까 아빠 몸은 잠시 편해진다.

둘째는 연초에 태어났다. 2월에 태어났으니, 어린이집에 가려면, 만 1세가 되어야 한다. 경우에 따라서 달라지겠지만, 1월에 태어나면 약 26개월째에 직장어린이집을 등원할 수 있고, 12월에 태어나면, 약 14개월째부터 직장어린이집에 지원할 수 있다. 이 무슨 큰 차이인가, 26-14=12 인것을 확인할 수 있다. 연초에 태어나면 약 26개월, 2년하고 2개월을 집에 있어야 하고, 연말에 태어나면 1년 2개월만에 부모는 아이를 직장어린이집에 보낼 수 있다는 말이다. 때문에 어린이집 만 1세 반에는 최대 1년 차이 나는 아이들이 혼재하게 되는 경우를 확인할 수도 있다는 것이다.

공무원은 3년 육아휴직이 가능하지만, 당시 일반 직장인은 2018년에는 최대 1년만 육아휴직을 사용할 수 있었다. 이것도 좀 이상하다고 느낀 제도다. 아이를 마음 놓고 키우려면 공무원을 해야 하는 것인가 라는 생각도 잠시 들 때가 있었다. 3년이면 첫째도 낳고, 둘째도 낳고, 셋째도(?) 낳을 수 있는 환경이 아닌가 싶다. 1년이면 하나 키우기도 벅찬데 말이다. 최근 제도가 바뀌어서 최대 2년(휴직 1년+단축 근무 1

년)으로 연장이 되긴 했지만, 공무원의 3년 육아휴직은 아이를 키우는 사람으로서는 부러운 혜택이긴 하다. 오래 휴직을 하면, 월급이 그만큼 줄어들긴 하지만, 사용하는 사람 맘이지 않는가.

아무튼 우리 둘째는 연초에 태어나서 약 24개월은 집에 있어야 하는 것으로 태어나면서 결정되었다. 먼저 엄마가 12개월 육아휴직을 쓴다. 그리고 나머지 12개월을 위해서는 아래와 같이 가족회의를 진행하였다.

1장에서 언급한 항목을 차례로 점검하면서 가족회의를 진행하였다.

   1) 보모를 둔다=양부모가 직장을 다니면서 해야 하기 때문에 보모가 full time 이 되며, 경제적 지출이 그만큼 크다. 오히려 지출이 더 커질 수 있다.

   2) 어린이집에 보낸다=핏덩이 같이 어린 아가를 어린이집에 보내야 하다니, 이건 도저히 감정적으로 안 되겠다.

   3) 가족의 도움을 요청한다=음. 이미 사용한 카드이다.

   4) 부모가 키운다=남편이 육아휴직 하면 된다.

이것저것 재보니, 남편이 육아 휴직하면 된다. 이는 아이가 임신하면서부터 장기간 세워온 장기 프로젝트였던 것이다. 이를 처음부터 계획하고 아이를 가진 것은 아니었지만, 이래저래 흘러가다 보니 이런 계획이 세워진 것이다. 만약 아이가 12월에 (3개월 일찍) 태어났으면, 음.. 남편이 육아휴직을 할 경우의 수는 둘째의 발달 상황에 따라 달라졌을 수도 있다. 물론 경제적으로 좀더 윤택해 졌을 수도 있고 말이다. 흠.

우리 첫째는 22개월째에 걸었다. 엄마 아빠가 운동을 못한 탓인가, 우리 둘째는 언제 걸을 수 있는지 유심히 쳐다보았다. 주변 이웃에, 첫째가 23개월 때 걸은 이웃이 있었는데, 그 동생은 12개월 때 걸었다고 했다. 걷지 않아서 병원도 가보고, 여기저기 알아보았지만, 정상이라고 해서 우리는 큰 걱정은 하지 않고 걸음마 놀이를 오래 해주었다. 덕분에 허리도 좀 아팠다. 과연 우리 둘째도 12개월 때 걸을 수 있을 것인가, 했지만, 역시 형제의 피는 진하다. 12개월 때 걷지 않았다. 그래서 둘째가 12월에 태어났 어도, 심리적인 걱정으로 인하여, 어린이집에 못 보냈을 것이다.

어찌되었든 남편이 육아휴직을 하면 된다는 것으로 결정을 하고, 둘째의 출산은 남편의 육아휴직의 서막을 알리는 계기가 되었다.

2. 육아휴직 준비

1. 육아휴직 준비-1

여성이 출산을 해야 하는 과정은 매우 힘들다고 모두가 공감하는 바이다. 이를 더욱 더 공감하기 위해 일선 지자체에서는 임신 체험을 위한 임산부 체험복 대여 서비스, 출산체험을 위하여 가상 분만 체험 서비스도 진행중이다. 대부분의 체험 후기를 보면, 임신과 출산이 힘든 것을 백 번 이해하고 있다. 여기까지는 많이 알려진 사실이다. 하지만 육아 체험은 별로 공감대가 형성되어 있지 않다.

이전 세대 남자들이 육아를 많이 해보았는가? 베이비붐(1950년대), 86세대(1960년대), X세대(1970년대)들의 남자들이 육아를 해보았는가? 라고 질문하면 과연 해봤습니다 라는 말을 듣기가 쉬울까?

본인은 80년대 생으로 흔히 에코 세대(1980년대 출생) 세대라고 한다. [3] 베이비붐 세대가 크게 소리쳐서 메아리가 돌

---

[3] 에코세대: 1979년부터 1992년 사이에 태어난 20~30대 계층으로 6.25전쟁 이후 대량 출산으로 태어난 베이비붐세대(1955~1963년)의 자녀세대

1979년부터 1992년 사이에 태어난 20~30대 계층으로 6.25전쟁 이후 대량 출산으로 태어난 베이비붐세대(1955~1963년)의 자녀세대를 말한다. 전쟁 후에 대량 출산이라는 사회 현상이 수 십 년이 지난 후 2세들의 출생 붐으로 다시 나타나는 것을 산 정상에서 소리치면 얼마 후 소리가 되돌아오

아온다고 해서 에코세대라고 하는데, 위 질문을 언급하는 이유가, 본인의 직장 상사들이, 바로 베이비 붐, 86세대, X세대가 본인의 직책 위에 있는 사람들이기 때문이다.

2019년 현재, 40세 이상의 남자들이 육아를 해보셨나요?

답은 예상하겠지만, 대부분 "아니오"일 것이다. 나라 발전의 특성상 전후(戰後) 이고, 남녀의 특성 때문에 대부분의 남자들은 육아를 해보지 않았을 것이다. 아이가 출생하면 일자리에 가고, 가족과 나라를 위해서 열심히 일을 했을 상황이다. 휴직이란 단어와 육아라는 단어가 모두, 생소한 사람들일 것이다.

이런 분위기 속에 육아휴직을 신청해야 한다.

이럴 때 어떻게 해야 할까? 먼저 나의 상황을 잘 파악해야 하고, 상대의 상황을 잘 파악해야 한다.

나의 상황이란, 아기를 집에서 밖에 키울 상황을 본인이 잘

는 메아리(에코) 현상에 빗댄 말이다.

에코세대는 베이비부머에 비해 경제적으로 풍족한 환경에서 성장하여 교육수준이 높고 전문직에 종사하는 비율도 높다. 그러나 경기 불황과 저성장으로 취업에 어려움을 겪고 있으며, 결혼이나 출산을 미루고 있다. 2012년 통계청 발표에 따르면 베이비부머(695만명)와 에코세대(954만명)는 전체 인구의 34.4%를 차지하고 있다.

[네이버 지식백과] 에코세대 [Echo Generation] (시사경제용어사전, 2017. 11., 기획재정부)

인식하고 있어야 한다는 것이다. 경제적 상황은 어떤 지, 아기가 언제 태어나서 어린이 집에 갈 수 있을지, 어린이집에 보낸다면 어떤 지, 아니면 이것들을 다 만회할 수 있는 부모가 키우는 기회를 가질 것인가? 나의 가족들은 아기들을 위해 어떠한 도움을 줄 수 있을 것인가? 온갖 생각을 다 해서, 나의 육아를 위한 상태가 어떤 상황인지 잘 파악해야 한다.

육아를 위하여 휴직이 불가피 하다면, 현재 육아휴직을 위한 상대의 상황이 어떤 지 잘 파악해야 할 것이다.

2. 육아휴직 준비-2

육아휴직을 진행하기 위해서, 아래의 질문에 답을 하면서, 육아휴직의 목표에 잘 다다를 수 있다고 본다. 본인이 육아휴직을 준비하면서 준비한 질문들이다. 이에 대한 답변과 함께 육아휴직으로의 접근 방법을 살펴본다.

Q1: 난 과연 육아휴직을 할 수 있는 자격인가?

A: Yes, 여러 사람마다 환경이 다르겠지만 4대 보험이 가입되어 있는 직종이라면 원칙적으로 가능할 것이라 판단된다. 다만 회사 사내 규정에서 이를 어떻게 정의되어 있는지 확인해야 할 것이다. 본인의 회사에서는 입사 후 1년 이후부터 육아휴직을 사용할 수 있다.

Q2: 나는 아기를 좋아하는가?

A: 육아휴직을 하기 전에 첫째 아기와 함께 보내면서, 내 새끼를 좋아하는 것을 알게 되었다. 껴안고 있으면 까르르 웃는 아기 모습을 보면서, 나는 아기를 싫어하지 않는 구나 확인하였다.

Q3 어떤 아기들을 돌보아 봤는가?

A: 첫째 아기를 돌보아 보았다. 본인은 13살 차이 나는 동생도 있다. 중1때 아기가 태어나서 아기에 대한 두려움은 없는 것 같다.

Q4. 본인 체력은 어떠한가?

A: 일반적인 체지방 18~20% 보통 체형의 남자이다. 게임하면서 밤샐 체력은 있는 평균적인 남자의 체력이다.

Q5. 나는 육아휴직을 할 수 있는가? 할 형편인가?

A: 나는 육아휴직을 할 수 있는 환경에 있었고, 형편은 육아휴직을 하면 형편이 변하니 형편에 적응해야 한다고 생각했다.

Q6. 나는 과연 육아휴직을 쓸 수 있을지?

A: 본인은 원칙적으로 육아휴직을 쓸 수 있는 회사에 있었기 때문에, 원칙에 맞게 행동하면서, 일을 처리하면 육아휴직을 사용할 수 있을 것이라고 믿었다. 그리고 해야 된다고 생각했다.

Q7. 나의 상사는 어떤 사람들인지?

A: 본인의 상사는 70년대생, 60년대생이 대부분이다. 80년대 초반 생이니, 사회에 미리 진출한 86세대와 X세대가 회사의 주류였다. 육아에 전념했던 남자 사람은 물론 부족했지만, 그만큼 육아가 힘들다는 것을 인지하고 있는 사람들이다. 외벌이들이 대부분이었겠지만, 그만큼 가정을 사랑해서 열심히 일했던 사람들이 아닐까 싶다.

Q8. 나의 회사는 어떤 회사인지?

A: 대전에 있는 연구소이다. 이름을 말하면 전 국민이 다

알 것이다.

Q9. 내가 다니는 회사는 (남자) 육아 휴직을 얼마나 받아주는지? 육아휴직을 한 사람이 회사에 있는지? (육아휴직 유경험자의 남녀 비율은 어떻게 되는지?)

A: 가장 중요하고 유심히 관찰한 항목이다. 여성 육아휴직은 100% 인정되었으며, 남성 육아휴직은 손에 꼽았다. 3개월짜리 남성 육아휴직 사례가 1건 있었다. 하지만 막상 육아휴직을 쓰려고 하니, 남성 육아휴직 지원자가 여기저기서 튀어나왔다.

Q10. 나에게 불이익이 없는지?

A: 책상이 빠진다거나, 책상이 창고로 옮겨진다는 도시 전설이 흘러 들어왔다. 휴직이니 당연히 회사에서 주는 월급은 0원이되고, 일을 하지 않으니, 인센티브도 없을 것이다. 불이익이라고 생각하면 안될 것이고, 일을 하지 않으니, 남들의 부러움을 받게 될 것이다. 휴직 전에 일을 잘 마무리하면 불이익이라고 생각되는 부분은 없다고 생각된다.

Q11. 내가 하던 일은 어떻게 할까?

A: 지금까지 진행중이던 일은 최대한 마무리 한다. 끝내 놓는다. 인수인계가 필요 없도록 마무리 짓는 것이 가장 중요할 것이다. 인수인계가 필요한 일이면, 인수자가 100% 이해할 수 있을 정도로 여러 번 설명해야 하고, 상사에게 보고하여, 내가 없어도 일이 잘 굴러갈 것이다 라는 것을 인지

시켜야 할 것이다.

Q12. 육아휴직을 하고 싶다고 언제 말해야 할까?

A: 본인이 판단하기에는 2년 전부터 적당하다고 판단된다. 2년, 1년, 6개월, 3개월 주기적으로 말하여, 주위 사람들에게 인지시켜야 할 필요가 있다고 생각된다. 여성의 육아휴직은 몸으로 변화가 와서, 사람들이 쉽게 인식하지만, 남자 육아휴직은 몸으로 변화가 오는 것도 아니고, 남자 육아휴직은 중장기 계획을 가지고 실천하는 편이 좋을 것 같다.

Q13. 육아휴직을 위한 절차가 어떻게 되는지?

A: 팀 내에서 구두로 승인이 되면, 회사내 공문 시스템을 통해 장(長, 높은사람)에게 승인을 받는다. 승인을 받은 후에 인사 팀으로 육아휴직 계획을 보낸다. 이후, 인사 팀에서 육아휴직 승인이 나면, 지정된 월/일부터 육아휴직을 시작하게 되는 것이다.

Q14. 육아휴직을 위한 절차가 어떻게 되는지?

A: 회사에서 승인을 받으면, 회사 인사팀에서 고용노동부로 육아휴직 건을 이관하여 준다. 이 이후에는 육아휴직급여를 고용보험센터에서 신청하여, 육아휴직수당을 받게 된다. 육아휴직이 되면, 육아를 하는게 일이 되게 된다.

Q15. 나라에서 육아휴직 지원은 어떠한가?

A: 2019년 3월 현재, 한 아이의 부모가 육아휴직을 연달아

하면, 두번째, 보통 남자에게는 육아휴직 수당을 첫 세 달간은 250만원을 지급한다 (통장에 250만원 찍힌다). 이후 9개월은 상한 120만원을 지급하여 주는데, 이때는 100분의 25를 직장 복귀 6개월 후에 합산하여 일시불을 지급한다. 즉, 9개월간은 90만원이 통장에 찍힌다. 나머지 30만원*9=270만원은 복직 이후 6개월에 일시불로 지급된다. 이 지급액은 2019년 1월 1일부터 적용되었고, 이 이전엔 상한액이 100만원이었다.

Q16. 현재 나라의 남자 육아휴직 정책은 어떤지?

A: 2019년 1월 1일부터 발전한 것 같다. 이전까지는 육아휴직급여 특례 (아빠 육아휴직 보너스제) 에서의 육아휴직급여가 상한액이 200만원이었다. 무려 50만원씩 3번씩 상향을 했으니, 꽤나 큰 액수이다. 최근 저출산이 문제가 되어, 출산 후 육아지원 명목으로 육아휴직 제도에 대한 급여가 상향된 것으로 파악된다. 개인적으로는 더 올랐으면 좋겠다 (마침표!!).

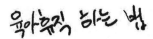

육아휴직 하는 법

1.

열심히 일을 합니다.
낮에도.. 밤에도.. (밤에는 조금)

2.

동료들과 밥을 같이 먹습니다.

3.

식사를 하면서 매일 말합니다
"육아휴직을 하겠습니다"

4.

육아휴직을 시작합니다.

그림 4 육아휴직을 하는 법: 주변에 지속적으로 자신의 결심을 이야기하면 된다. 말하는대로~ 말하는대로~

3. 육아휴직 준비-3

육아휴직을 준비하면서 가장 신경 쓰였던 것이 "Q12. 육아휴직을 한다고 과연 언제 말해야 하나?"였다. 그리고 과연 육아휴직이 계획대로 될지 궁금하였다.

흔히 이직이 확정되었을 때 1개월전에 통보한다고 한다. 1개월전부터 이야기 해서 책상도 정리하고 일도 정리하고, 퇴사자에 대한 인식도 정리해야 한다. 물론 할 필요는 없지만, "이놈이 일은 잘했지만 더 좋은 곳으로 가네. 이놈은 일도 못하고 잘 간다." 라고 생각할 수도 있다. 물론 떠나는 사람은 이런 생각을 하나도 하지 않겠지만, 뭔가 휴직은 다른 느낌이다. 화장실에서 뒤도 닦지 않고 나가는 게 퇴사라면, 휴직은 화장실을 다음 사람을 위해 깨끗이 정리하고 나와야 되는 느낌이다. 때문에, 육아휴직을 위해서는 다음 사람을 위해 깨끗이 정리해야 하고 나와야 한다는 느낌을 가지고, 육아휴직을 한다고 하면 과연 언제 말해야 하나에 대한 질문에 접근을 해보았다.

사람이 처한 환경이 다 다르기에, 이게 정답이라고 말할 수는 없지만, 한사람의 경험을 토대 삼아, 사회가 발전할 수 있다면, 모두에게 이익이라 생각하기에, 본인의 방법을 소개해본다.

본인은 연구직 환경에 속해 있다. 연구직 외에 사무직이나, 영업직, 순환직, 형태가 있을 텐데, 연구직의 특징은 사람 하나 하나가 서로 다른 일을 하는데 있다. 이와 같은 일을 하는 직업 형태는 연구직 이외에도 다양할 것이다. 서로 다른 일을 하면서 하나의 큰 일을 완성하는 형태의 직업이기 때문에, 한 사람이 빠지면 큰 공백이 생기기 마련이다. 공백을 메꾸려면, 다른 사람들이 본인의 일을 해야 하는 방법뿐이 없다. 대체 인력을 데리고 와도 대체 인력이 본인의 100% 클론이 아닌 이상, 본인의 역할을 하는 데는 무리가 있다. 사실 대체인력을 위해 계약직을 뽑아야 하나 라는 생각도 했다. 하지만 일의 특성상 계약직이 할 수 있는 일이 제한적이고, 낭비라고 판단되어, 이 생각은 중도에 접게 되었다.

때문에 본인이 아닌, 다른 사람들이 본인의 일을 해야 한다는 것에 초점을 맞추며 육아휴직을 준비하였다.

다른 사람들이 본인의 일을 한다면 보통 어떠한 반응을 보일까? 라고 생각하면, 다른 사람이 왜 남의 일을 해야 하는가. 왜 내가 일을 더 해야 하는가? 내가 돈을 더 버는가? 나에게 오는 이익이 뭔가? 라는 질문이 먼저 나올 수 있다. 도대체 왜 내가 일을 조금 더 해야 하는가? 라는 다른 사람의 관점에서 다가가면, 뭔가 답이 나올 것 같다.

Q. 육아휴직 가는 사람의 일을 내가 더 해약하는가?

A1: 아휴, 나의 일도 많은데 왜 다른 사람일을 해?

A2: 애 보러 가니까 좀 해줘야 하나?

뭐 답은 뻔할 뻔자다. 남의 일은 할 필요가 없다. 때문에 휴직을 위해서 인수인계를 진행할때는 다음과 같은 원칙으로 다가갔다.

- 일을 없앤다.

먼저 일을 없애는 게 가장 중요했다. 다른 사람이 나의 일을 들고 있을 필요도 없고, 들고 있으면 문제만 생기는게 회사생활이다. 일을 없애려면 어떻게 해야 하는가? 일을 다 해버리면 된다. 향후 육아휴직을 떠나 있는 1년동안 일의 계획을 먼저 파악해야 한다. 3개월 후에는 어떤 일이 일어날까, 6개월 후에는 어떤 일이 일어날까? 10개월 후에는 어떤 일이 일어날까? 지금까지 밀린 일은 물론, 향후의 일까지도 미리 다 해버리는 것이다.

때문에, 육아휴직을 준비하면서 가장 힘들었던 것이, 미래를 예측하고, 일을 다 해버리는 것이었다. 미래의 일을 예측하는 것은 그만큼 힘들지만, 큰 프로젝트는 일정을 미리 잡아놓기 때문에, 무슨 일이 일어날지는 일정표를 보면 된다. 일정을 알면, 언제 육아휴직을 해야할지 감이 오고, 언제 무슨 일을 해야 할지 예측할 수 있다. 일정을 파악하는 것이 매우 중요하다. 일정을 파악하고 나면, 일정에 맞게, 일을 진행하면 된다. 아이가 회사 일정에 맞게 잉태되거나, 출산이 이루어지는 것은 아니지만, (아이는 하늘이 주시는 선물이기 때문이다.) 남자의 육아휴직에는 일정 파악이 매우 중요하다.

일정 파악이 되고 난 후에는 회사 일에 대한 처리가 필요하다. 일을 다 해버려야 한다. 그래야 다른 사람들에게 피해를 주지 않는다. 본인이 하고 있는 일의 1년 후의 업무를 미리 다 진행해야 한다. 본인 같은 경우 큰 일감이 4개 이상이었는데, 일감을 종결시켜버렸다.

이때 회사에 있는 시간은 자연히 늘어날 수밖에 없다. 야근도 조금씩은 해야 하고, 출장도 남들보다 조금 더 가야한다. 이 부분에선 일을 2배로 해야 한다는 생각으로 진행해야 할 것이다. 일은 두배로 하고 월급은 그대로고 내년 월급은 없지만, 사랑하는 자식들과 함께하는 삶을 바라보며 열심히 일해야 한다.

- 일의 형태만 주고 하는 일은 없도록 한다.

일을 남에게 인수인계 해야 한다면, 담당자 인수 인계일 것이다. A라는 일감의 담당자가 본인이었는데, 본인이 휴직을 간다면, B씨가 담당자로 인수인계 할 것이다. 이때 B가 하는 일이, 중계자로 역할을 정해줘야 할 것이다. B가 본인의 일을 다 해야 한다는 기대를 애초에 하지 말아야 한다. B가 본인의 일을 완벽히 해낼 수 도 없을 뿐더러, 연구와 같은 업종에서는 연구의 손맛이 있기 때문에, 본인도 인수 인계 하면서 불안할 것이다. 일로 인해 B에게로 연락이 가면, '원래 담당자인 본인에게 연락을 주세요' 라고 해야 할 정도로 일을 없도록 만들어야 한다. 업무 연락하는 것도 원래 짜증 나는 일이지 않는가?

- 정 필요하면 내가 해야 한다.

일을 없애도, 일의 메신저가 있어도, After Service는 항상 존재해야 한다. 서비스 정신이 없다면 요즘 세상에서 살아갈 수 없을 것이다. 일을 완벽하게 했다 하더라도, 보고서에 오탈자는 항상 있기 마련이고, 두 번 세번 살펴봐도, 옥의 티는 항상 있다. 때문에, 회사 일을 하고 나서라도, A/S 개념으로 일이 어디로 흘러가면서 어떤 결과를 발생시키는 지는 살펴봐야 할 것이다. 휴직을 하면서 일을 완성/인수인계 했더라도, 항상 내가 했던 일이 어떤 모습으로 변하는지 계속 귀를 기울어야 한다.

(본인의 입장에서) 분명히 완성된 일인데 다른 쪽에서 조건이 바뀌어 나의 결과물에 영향을 미치기 때문이다. 다른 것들이 안 바뀌면, 내 것도 바뀌지 않는데, 다른 것이 바뀌면, 나의 결과물에 어느정도 태클을 걸기 때문이다. 그러면, 나를 대체하는 사람은 현재 없기 때문에, 그럴 때는 내가 나서야 한다고 생각한다.

만약 그 시점에, 본인이 입을 다물고 나 몰라라 하고 무 대응으로 일관하면 어떤 일이 일어날 지 생각해보자.

"이거 A가 이렇게 해놓은 것인데, A가 연락도 안되고, 인수

인계 받은 것도 없고, 알려주지도 않고, 바꿀 수도 없고, 어떻게 해야 합니까? A에게 연락해봐요, 어쩌지요? 내가 맘대로 바꿀까요? "

사람은 망각의 동물이다. 아무리 원리와 원칙을 남에게 알려줘도, 내 원리와 원칙이 아니면 망각하기 십상이다. 분명히 일이 산으로 갈 것이다.

메신저이든, 핸드폰이든, 무슨 방법으로라도, 휴직자에게 연락하여 애로사항을 해결 할 수 있도록 대처를 해놓아야 할 것이다.

육아휴직을 언제 말해야 하나? 라는 질문으로 돌아와 이제 답을 할 수 있을 것이다.

육아휴직을 하겠다고 결심이 든 순간, 가장 가까운 팀원, 상사에게는 결심한 순간부터 알려줘야 한다고 생각한다. 가장 가까운 팀원은 나의 일을 가장 많이 이어받는 상황이 나타날 것이고, 미리 준비시켜야 할 것이다. 상사에게는 일의 분배를 어떻게 해야 할지 생각할 시간을 주어야 하기 때문에, 미리 미리 알려줘야 한다고 생각한다. 그 시간이 2년이 될 수도 있고, 3년이 될 수 도 있지만, 1년 전이 가장 적당하다고 판단된다. 3년전부터 미리 말해 사람들을 세뇌시킬 수 도 있는 방법도 좋을 것 같다. 아무래도 남자 육아휴직자는 드무니 (Rare), 사람들에게 미리미리 알려, 모두가 준비를 하는 편이 모두에게 이익이라고 생각한다.

4. 육아휴직 전야-1

육아휴직 준비가 순서대로 진행되면서, 집에서는 부인의 육아가 지속적으로 진행이 되고 있다. 육아휴직은 3월 말부터 시작하기로 결정하였고, 11월부터는 아내와 아이들이 대전에 거주하면서 본격 독립 육아를 시작하였다. 아내는 4월부터 복직하기로 하였다. 11월부터 3월 말까지 5개월동안의 진정한 아내 혼자서 아이 둘 보기가 진행되었다.

당시 한국나이로 네 살인 첫째가 어린이집에 가지 않고 있었다. 소변은 아직 가리지 못하고 있었고 천기저귀를 사용하고 있었다.

둘째는 10개월이었으며, 조금 기어다니고 있었고, 직접 수유를 하고 있었다.

아침 7시 반이면 아빠는 숨죽이며 일어난다. 아이들과 같이 수면을 하고 있다. 둘째는 밤중 수유를 진행중이어서, 밤에 수시로 깼다. 둘째의 낮잠은 불규칙했던 것 같다. 왜냐하면 누나가 엄마랑 계속 놀고 싶어했기 때문이다.

일단 아빠가 회사에서 집에서 돌아오면 엄마는 거의 녹초가 매일 되어 있었다. 그러면서 아빠는 너 회사에서 쉬고 왔으니까 빨리 애들이랑 놀든가, 밥을 하든가 하라고 그런다. 그래서 아이들이랑 놀고있으면 왜 놀고 있냐고 한다. 하하하.

아침 8시부터 오후 5시 반까지는 엄마의 아이 둘과 함께하는 시간이다. 아침에 일어나서, 아침식사를 해야 하는데, 네 살 아이와 한 살 아이의 이유식을 같이 한다. 대부분 오전 시간은 집에서 놀면서 있다가 점심 시간이 되어 둘째가 낮잠을 잘 때, 점심식사를 하고, 빨래를 하겠다. 설거지도 같이 해야 한다. 빨래는 세탁기가 하지만, 기저귀 삶기도 특별히 한다. 집안일을 하다 보면 첫째가 보채고 둘째가 깨어난다. 첫째 보고 좀 혼자 놀으라 하고, 둘째 수유를 진행하면서. 가끔 첫째를 위해 영어 DVD도 틀어준다. 그때 엄마도 쉬고, 수유도 하고 쉬지 않는 휴식을 하면서 신체의 회복을 꾀한다.

오후가 되면 첫째가 지치기 시작한다. 잠은 오지만 잠을 자지 않는 네 살 아기꼬마. 이럴 때는 DVD를 보면서 잠을 잘 때도 있지만 정 힘들 때면 차를 타고 나간다. 카시트에 한 명, 두 명 앉히고, 드라이브를 간다. 드라이브를 가면 첫째도 자고, 둘째도 잔다. 그래서 아빠를 데리러 가기도 한다.

아빠가 오면 아빠가 왠지 쉬고 온 거 같아서 괜히 투정을 부리고 싶다. 엄마와 첫째 모두. 그래서 놀아 달라고도 하고, 일도 하라고도 한다. 엄마와 첫째 모두 그런다.

아빠도 회사에서 열심히 일하고 왔는데, 집에 오자마자 가족 구성원이 여러가지 일을 시키면 당황할 때도 있고, 지칠 때도 있다. 엄마 보고 쉬라고 하면, 어떻게 쉬냐고 반문한다. 좀 나갔다 오라고 그러면 왜 나보고 어떻게 나가라고 반문한다. 이렇게 귀여운 아이들 떼어놓고 어떻게 쉬고 오냐고 물어본다. 제발 좀 나가라고 머리 좀 비우고 오라고 그러는데, 왜 안 나가는지 모르겠다. 아빠가 저녁때 오니 저녁이라 그래서 그런지, 아빠는 알 수 가 없다. 낮에 나가라고 해야 하는 것인가? 휴가를 쓸 테니 좀 쉬라고. 하지만 엄마는 아이들이 좋단다. 이것이 모성 본능인 것인가?

도저히 알 수도 없고, 이해하기 힘든 엄마의 마음이다.

아빠는 이런 엄마를 위해 혹시나 첫째의 여러 어린이집에 대기를 걸어놓았다. 하지만 대기를 걸어놓은 어린이집은 지역에서 꽤나 유명하고 집에서 가까운 어린이집이다. 몇 번을 전화를 걸어보아도, 대기 순번은 줄어들지 않았다. 1년전에 추첨했던 어린이집은 대기 순원이 하나도 줄지 않았다.

내년 2월 말까지 이런 상태가 지속되어야 한다. 아빠는 숨죽이며 나가고, 숨죽이며 돌아와 아이들과 엄마를 위해 열심히 집에서 일해야 한다. 다행히 12월에는 남는 휴가도 써야 하고, 신년에는 설연휴도 있으니, 이래저래 엄마가 숨쉴 틈이 있음에 달력에 고마워했다.

첫째 때 이런 에피소드가 있다. 엄마가 하도 힘들어 해서 내가 이유식을 준비해보겠다고 했다. 그래서 남편인 내가 부엌에 서서 재료를 이것저것 챙기면서 우왕좌왕 하고 있으니, 엄마가 와서, 안해보니까 모르겠지? 어떤 것부터 해야 하는 지 모르겠지? 아이가 하나였을 때인데, 어떤 점이 그렇게 부담이 되었는지 모르겠다. 지금 아이가 둘이 있어 망정이지, 아이가 계속 하나였으면 평생을 아이와 함께 당황만 하는 시간이 많았을 것 같다. 하나인 아기를 애지중지 키우려고 정성을 다하다 보니, 정작 본인들의 상태를 잘 파악하지 못하는 경향이 있었다.

하지만 아이가 둘이면, 본인들의 상태가 어떤지 경황이 뭔지, 그저 아이 둘을 돌보는데 온전히 시간을 보내게 된다. 그런 생각을 할 틈이 없는 것이다. 하루 종일 달리기를 하는 기분이 든다. 나의 무릎이 어떤지, 발바닥이 아픈지 느낄 겨를이 없다는 느낌이랄까.

4살과 1살의 아이가 둘다 집에 있는 조합은 정말 전력을 다해 마라톤을 뛰는 느낌이었다.

다가오는 나의 육아휴직은 어떠한 경험을 가져다 줄까?

5. 육아휴직의 대상과 목표

이쯤에서 육아휴직 아빠가 돌봐야 하는 육아휴직의 대상에 대해서 살펴봐야 할 것이다.

어린이집에 가는

첫째

귀여운

둘째

그림 5 육아휴직의 대상과 목표: 그림에서 목표를 확인할 수 있다.

육아휴직 시작할 당시 첫째는 만 3세로 어린이집을 다니지 않다가 어린이집에 다녀야 할 처지가 된, 평생 엄마 아빠 옆에 있다가, 처음으로 어린이집에서 부모와 떨어지게된, 이런 운명을 가진 여자아이다. 막 기저귀를 떼서, 어린이집에서 용변을 잘 볼 수 있을까 라고 생각하게 될 아이다. 12월생으로, 어린이집에서 나이가 가장 어릴 수 도 있는 아이이다.

둘째는 막 돌이 지나고, 아직 걷지 않는 남자 아이다. 남들은 다 걷는데, 나는 누나처럼 나중에 걷겠다고 막 선언한, 아주, 자기 의지가 강한 남자아이 이다. 그리고 엄마 찌찌에서 수유를 지속적으로 하는 아이이다. 이유식은 주면 별로 먹지 않고 장난 치려고 하는 아이이다. 밤에는 수시로 깨서, 엄마와 아빠와 누나의 수면을 괴롭히는 아주 멋진 동생이다.

육아휴직 후에는 크게 두가지 목표가 있다.

첫째, 첫째를 어린이집에 등하원시키는 것이다.

둘째, 둘째를 집에서 잘 키우는 것이다.

큰 목표는 간결하지만, 세부 목표는 좀 고달프다.

- 첫째와 둘째를 아침을 먹이고,

- 첫째를 등원할 때, 둘째를 집에만 놔둘 수 없으니, 누나와 같이 동생을 데리고 어린이집에 데리고 갔다가, 첫째를 교실에다가 drop 한 후에, 둘째를 데리고 집으로 돌아온다. 이때, 둘다 옷을 입히고, 세수를 시키고, 나갈 준비를 해야한다.

- 집에서 둘째와 함께, 집안일을 한다. 빨래를 해야 하고, 아침 설거지를 해야하고, 점심, 저녁 준비를 해야 한다.

- 마찬가지로 첫째를 하원할 때, 둘째와 같이 가야 한

다. 이때 둘째의 옷을 바깥옷으로 갈아입히고 가야
한다.

- 낮에 둘째를 산책시켜야 한다. 낮잠도 재워야 한다.

- 틈날 때 장을 봐야 한다. 장 본 것을 집으로 가져와
야 한다.

그리고 이외의 복병에 맞서야 한다.

그건 바로 엄마다. 엄마의 아이들을 향한 걱정으로부터, 나
자신을 보호해야 한다.

여기서 엄마는 엄마가 잘 돌볼 것이라고 가정해야 한다. 그
렇지 않으면 너무 고달프지 않을까?

6. 육아휴직 전야-2

육아휴직 날짜를 회사로부터 승인을 받았다. 팀장 너머, 상사에게, 상사의 상사에게, 그리고 원장님까지 도장을 쿵 받았다. 회사 게시판에도 나의 인사 정보가 떡 하니 공지가 되었다.

드디어 난 육휴남이다. 라는 기쁨도 누릴 세도 없이, 마무리 업무에 정신이 없었다. 밥을 먹자고 하는 사람도 많았지만, 빨리 일을 마무리 하는게 먼저였다. 꼭 이럴 때 일이 많아진다. 여기저기에서 날 쉴 세도 없이 만든다. 일을 조금 더 하고자 하면 집에서 전화가 온다. 언제와~~

도대체 휴직은 언제 휴직인 것인가, 빨리 휴직을 하고 싶기도 한다.

하지만 휴직 직전의 월급명세서를 예상을 하자니, 휴직을 꼭 해야하나 갈등을 할 때도 있었다.

그렇지만 사랑하는 자식들을 두고 또 다른 사람에게 도움을 요청해야 하는 것도, 뭔가 이상하고.

생각이 많아지는 시기였다.

육아휴직을 한다고 해서 승인까지 받았지만, 일터에서 조금 더 일을 해서 나의 자리, 나의 존재감을 조금 더 드러내고 싶기도 한 시기였다.

흠. 이미 육아휴직 승인을 받아버린 걸.

지정된 날짜 이후에는 나는 회사에 나오지 않는다.

나와서는 안된다. 사실 나와도 되지만, 나오면 이상할 것이다. 아기와 같이 나와도 될 것이기도 하지만, 휴직을 했으니, 나와서는 안된다.

앞으로 나는 육아를 잘 할 수 있을까 라는 것을 고민해야 할 시기지만, 왠지 모르게, 일에 대한 미련도 남아 있는 시기였다.

하지만 이런 생각을 조금이라도 하면, 아기의 울음소리와, 집에서 걸려오는 전화에, 일에 대한 미련은 싹 없어지고, 육아 휴직으로의 입구에 점점 다가가게 되었다.

나는 내일부터 집에 있는 아빠다.

일을 하지 않는 아빠다.

집에서 아기와 함께 노는 멋진 아빠다.

그 날이 내일부터다. 난 멋진 아빠다.

7. 육아휴직의 맛보기

아이들 엄마가 복직하기 전, 아빠는 휴직이 아닌 휴가를 사용해 엄마와 아빠가 겹치는 기간을 가지도록 하여, 육아휴직을 들어가는 아빠가 휴직을 맛보기 하는 시간을 가질 수 있었다.

처음 어린이집 등원을 하는 첫째의 적응과, 둘째는 엄마와 떨어지는 시간을 가질 수 있도록 하여, 아이들에게 미리 상황 변화를 예고해보자는 취지였다.

첫째가 어린이집에 처음 가니, 태어난 이래 집에만 있던 아이가 적지 않아 당황했을 것이다. 어린이집에 가서 놀고 온다는 것 자체가 첫째의 머리 속에서는 매우 큰 변화였을 것이다. 입학 전 어린이집 OT에 가서 엄마와 아빠는 어린이집이 얼마나 좋은 환경일지 계속 생각하고 있었고, 첫째 에게 기회가 될 때마다 설명을 해주었다.

처음 1주 및 2주 째에는 어린이집에 있는 시간을 점진적으로 증가시키며 적응을 한다. 지속적으로 어린이집에 다니던 아이는 그렇지 않지만, 난생 처음 어린이집에 다니기 시작한 첫째는 첫째 날에는 9-12시 구간을 3일, 이후에는 9시 ~14시, 9시 ~15 시 이런 식으로 어린이집에 머무르는 시간을 증가시켰다.

어린이집에 등원하던 첫 날이 기억에 꽤 남는데, 어린이집에 간다고 매우 즐거워했던 것이 인상깊었다. 그래서 어린이집 교실 앞에서 헤어졌는데, 어린이집 안에 쏙 넣고, 엄마와 아빠는 작별인사를 제대로 하지도 못한 채, 선생님이 쏙 데리고 갔다. 물론 걱정이 되었지만, 엄마와 아빠는 뭔가 해방감을 느끼면서 둘째와 함께 집으로 돌아왔다.

9시 등원 12시 하원이면 부모에게는 3시간의 간격이 주어졌다. 집에 돌아오는 시간, 다시 어린이집에 가는 시간을 빼면 약 1시간동안 첫째가 집에 없는데, 뭔가 조용한 것이, 매우 허전했다. 둘째가 집에 있었지만, 첫째의 활동력을 따라가기는 물리적으로 어려웠다. 그 3시간이, 매우 길게 느껴졌다고 할까? 하지만 곧 하원 시간이 다가오고, 엄마가 어린이집에 가자, 울면서 엄마를 맞이하는 첫째였다.

엄마 보고싶어~~~~~

자녀의 어린이집 수첩을 난생 처음 받아보는 부모와 함께, 처음으로 엄마/아빠와 떨어져 있는 첫째였다. 친구들과 선생님과 함께, 즐거웠던 시간을 보냈을 지는 모르겠지만, 첫째 에게도 참 길었을 3시간이었을 것이다.

어린이집 수첩을 보면서, 아이구 우리 첫째가 얼마나 고생을 했을까 생각도 하고, 집에 다시 돌아온 첫째를 맞이하며, 아이들의 함성으로 꽉 찬 집이 완성되었다.

첫째의 등원은 다음날에 계속 이어졌다. 어제와 같이 울면서 엄마를 만나고, 집에 와서는 엄마 품에 꼭 안기면서 엄마의 사랑을 확인한다. 둘째도 첫째의 귀환을 반기며, 마음을 추스르며 내일을 또 기대한다.

점점 어린이집에서 머무르는 시간이 증가할수록, 아이도 상황을 적응하는 듯하다.

첫째가 점점 어린이집에 머무르는 시간을 증가시킬수록, 엄마도 집밖에 점점 나가고 싶다. 자기의 찌찌를 둘째에게 구속당하며 살아온 지 벌써 1년. 탈출하고 싶을 만두 하겠지?

엄마도 외출을 단행한다. 집에는 둘째와 아빠 둘 뿐이다. 둘째가 아빠에게 물어본다.

"엄마 어디에 있어? 분명히 집에 있었는데. 내 옆에 항상 있어서, 내가 찌찌를 항상 물었는데."

그럼 아빠가 알려준다.

"엄마는 밖에 나갔어……"

물론 이 대화가 위처럼 정확한 문장을 구사하며 이루어지지 않는다. 초롱초롱한 눈망울을 보면서 아빠가 유추할 뿐이지.

엄마가 밖에 나갔다는 것을 인식하고 나서는 둘째는 막 운다.

"내 찌찌 어디에 있어? 내 찌찌 어디에 있어!!"

서러움인지, 불만인지 모를 울음과 함께, 육아휴직의 서막을 알리는 듯하다.

엄마의 외출이 끝날 무렵, 둘째가 막 울고 있다. 엄마가 집에 돌아오자, 엄마 품에 푹 안겨 엄마의 체온을 확인하며,

엄마의 곁을 떠나려 하지 않는 둘째. 엄마는 첫째를 데리러 가고 싶은데, 둘째가 못 가게 한다.

이때가 기회다. 아빠가 첫째를 데리러 올 절호의 기회다. 아빠도 첫째가 고프다. 집에서 둘째만 보다가 첫째를 보니 너무너무 반갑다~.

어린이집에서 만나는 첫째. 아빠가 데리러 오는 첫날. 예고도 하지 않고, 아빠가 데리러 가니 첫째가 하는 말.

"엄마 어디에 있어?"

왠지 모를 아쉬움과 반가움이 교차한다. 그래서 더욱 꼭 안아준다. 너무너무 반갑다.

엄마는 집에 있어... 약간 울먹이면서 엄마를 찾지만, 그래도 아빠라서 다행인가보다. 아빠랑 같이 차를 타고 집으로 돌아가면서, 어린이집 어땠냐고 물어보니, 오늘은 조금 울었다고 한다. 선생님이 잘 보살펴 주었다고도 한 것 같다. 밥도 맛있게 먹는다고 했다.

하지만 어린이집에서 올려준 사진을 보니, 밥 먹는 첫째의 모습이 왠지 눈물에 적셔져 있는 것 같다. 그래도 밥은 잘 먹었다니 다행이다. 배가 고프면 울지도 못할 텐데, 밥을 잘 먹어서 울 힘이라도 있는 것 같다.

되돌아보면, 아빠는 좀 왠지 이인자 같다. 둘째는 엄마 찌찌만 찾고, 첫째도 엄마만 찾고. 아이들에게 아빠는 어떨 때 아빠가 될까? 라는 질문을 잠시 했던 것 같다.

간식 사줄 때? 때? 몸으로 놀 때? 엄마가 못해주는 거 할 때?

정답은 없겠지만, 나도 잘 모르겠다.

육아휴직을 해서 아빠라는 존재를 인식시켜주는 시간이 될 지. 아니면 아빠는 그저 아빠일지. 알다 가도 모를 일이다.

엄마의 외출은 점점 늘어나다가 어느 순간 다시 외출 시간을 없앴다. 복직하면 어차피 떨어질 텐데 일부러 떨어질 필요가 없다고 엄마가 느낀 것이다. 그래서 계속 집에 붙어있으면서 둘째에게 사랑을 나누어 주었다. 첫째도 어린이집에 적응을 잘 하여, 9시부터 17시까지 잘 놀게 되었다. 집어와서 어린이집에 가기 싫다고 했지만, 어린이집에 가면 더욱더 재미있는 놀이도 있고, 맛있는 음식도 있다고 설명해주면서 달랬다. 둘째는 아직 말도 못하지만, 엄마가 복직한다고 알려주니, 찡긋 웃어준다.

아빠는 아무도 달래 주질 않는다.

육아휴직 맛보기를 하면서, 아빠는 스스로 달랠 뿐이다.

우리 부인

회사에다가 남편이 육아휴직했다고
말하였다.

 팀장

오! 남편이 집에 있으면
팀원이랑 회식을
밤새도록 할 수 있겠군!!

팀원

오! 남편이 집에 있으니
마음이 편하겠어요! 좋겠어요!

우리 남편이 잘하고 있으려나...

우리 아이들은 잘 있으려나...

남편이 집에 있어도 걱정...

그림 6 우리 부인이 하는 생각: 우리 부인 머리 속에는 항상 아이들 생각 뿐이다. 남편이 잘 하려나.. 남편이 우리 아이들을 잘 돌보려나...

3. 사랑하는 애인과 함께하는 하루

1. 육아휴직 시작

드디어 시작이다. 초등학생 때, 방학이 시작되면, 시작함과 동시에 늦잠을 잤던 것이 기억이 난다. 학교를 안가는 방학과, 직장을 나가지 않는 휴직이 유사한 점은 있지만, 늦잠을 못 잔다는 것이 큰 차이점이다. 전날 술을 거하게 마실 수도 없고, 긴장해야 한다.

나의 아이들이 아빠에게 어떤 시련을 내려줄지 기대해야 할 것이다.

엄마는 내일부터 복직이고, 엄마에게 로부터 수없이 트레이닝을 받는다. 이거는 이렇게 해야 한다. 저거는 저렇게 해야 한다. 어린이집에 등원 시킬 때 잘 해라, 애들 낮잠 잘 때 집안 일해라. 둘째 밥 잘 먹여라. 이걸 늘어놓으면 지구 한 바퀴는 돌 테니, 이쯤에서 생략해보자.

첫째 아이 적응 기간 중이기도 하고, 엄마도 회사에 복직하여 적응해야 하고, 아빠도 육아휴직에 적응해야 하는 매우 중요한 시기이다. 적응 기간에 아빠가 어린이집에 데려다 주는 연습도 해보고 하여, 이제 첫째는 아빠가 어린이집에 데려다 준다고 알고 있다.

엄마는 아침에 일찍 나가, 오후에 일찍 퇴근 하는 형태로 일과 근무시간을 조정하였다. 예를 들어 7:30부터 16:30 까지 일을 할 수 있는 것이다. 엄마가 부스럭대면 아이들도 일어나곤 한다. 특히 둘째는 이 때 시도 때도 없이 엄마 젖을 물고 늘어졌으니, 엄마는 잠의 질이 좋지 않았다. 그래서 항상 피곤했다. 아마 둘째도 항상 피곤했을 것이다. 첫째와 아빠는 비교적 잘 잤다.

둘째가 돌이 지나서부터는 넷이 같은 방에서 잤는데, 적응이 되니, 아이들도 어른들도 잘 잤다.

그러다가 엄마가 복직하여 일찍 나가기 시작하니 아이들도 귀가 번쩍 예민해졌다.

엄마가 일찍 나가면 아이들이 일어나고, 아빠도 아이들이 일어나서 일어난다.

여기서 잠깐. 아빠가 왜 일찍 일어나지 않느냐고?

아빠마저 일어나면 아이들이 더 일찍 일어나기 때문이다. 첫째 또는 둘째가 일어나서 다시 재울 사람이 옆에 있어야 하기 때문이다. 이 문장은 핑계 일수도 있고, 사실 잠이 많다. 잠을 잘 때까지 자야 하는 스타일이라서, 아이들이 깰 때까지 자는 것이다.

첫째가 엄마가 없으면 엄마가 어디에 있나? ~ 하고 일어난다.

둘째가 일어나서 엄마가 없으면, 엄마 찌찌 어디에 있나? ~ 하면서 으앙 하면서 울면서 일어난다.

71

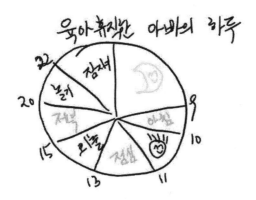

그림 7 육휴남의 하루는 계획표와 비슷할까?

그러면 아빠가 일어나서 빨리 일어난 아이만 데리고 나오는데, 데리고 나오면서 나머지도 다 일어난다. 이후에는 아빠의 일과가 시작된다.

아이들과 아침에 좀 놀고, 아침을 먹이고, 세수를 시키고, 옷을 입히고, 차에 태우고, 운전하고, 둘째를 데리고 와서 집에서 놀다가, 낮잠을 재우고, 놀다가 또 자기도 하고, 집안일도 하고 둘째를 옷을 입히고, 차에 태우고, 운전하고, 둘째를 차에서 내려서, 첫째를 만나고, 첫째와 둘째를 데리고, 차에 태우고, 운전하고, 첫째와 둘째를 차에서 내려서, 귀가하는, 육아휴직 하루 일과가 시작하였다.

간략히 육아휴직 일과를 써보았지만, 간단한 일과 안에 여러 복잡한 일들이 뒤섞여 있다. 이후에는 이 복잡한 일들을 하나하나 극복해 나가는 과정을 써보려 한다.

육아휴직의 시작

우와~ 오늘부터 회사 안간다~
육아휴직이다~
신나게 놀자~

뛰어 놀자 ~ 춤 추자~

신난다 ♪~

그 날 밤

육아휴직 첫날 밤
39도 고열의 감기에 걸림

그림 8 육아휴직의 시작: 육아휴직을 거창하게 시작했지만, 휴직이 시작되고 일주일만에 고열을 동반한 감기에 걸려 쓸모가 없었던 적이 있다. 이런 아빠를 보는 엄마는 무슨 마음이었을까?

2. 아침에 일어나기-둘째

육아휴직의 아침은 일어나는 것으로 시작된다. 아이들 엄마는 아이들보다 일찍 일어나고, 집을 나선다. 현관 도어락이 바스락거리는 소리가 나면 둘째가 먼저 깬다. 내 찌찌가 집 밖으로 나간다~

"으앙~~~"

둘째의 기상에 아빠가 둘째를 안아주지만, 둘째는 밥줄이 없어졌기 때문에 크게 운다. 그 소리에 첫째가 일어나게 된다. 어떻게 아는지 엄마가 나가는 소리만 들리면 "으앙" 하고 운다.

현재 시각은 오전 7시.

둘째가 깨고 쏜살같이 일어나, 둘째를 안고 순식간에 방을 나서 보지만, 첫째도 "으앙" 하고 운다. 아빠의 잠을 이어보려는 시도는 이미 Game over다.

둘째를 안고, 첫째는 걸어 나와 거실로 간다.

엄마가 없으니, 아이들은 아빠와 논다. 뭘 하고 놀아야 하나.

일단 생리현상부터 해결을 해야 한다.

본인은 아침에 큰일을 꼭 봐야 하는 매우 규칙적인 대장을 가진 사람이다. 아침에 아이들과 아빠 뿐이 없어도 아침에 꼭 큰일을 봐야 한다. 문제가 발생한다.

둘째는 기어 다니면서 여기저기 돌아다니고, 첫째는 걸어 다니면서 돌아다니다가 둘째를 밟을 수도 있고 괴롭힐 수도 있다. 아이들을 어디 묶어 놔야 한다.

물리적으로 묶어 놓지는 못할 것이고 심리적으로 묶어 놔야 한다.

둘째의 안전과, 첫째의 안전을 보호할 해결책은 바로 TV.

아빠의 엉덩이에서는 방구가 뿡뿡 나온다. 아이들은 여기저기 돌아다니다가, 아빠가

"우리 뭐하나 볼래?"

라는 말은 귀신같이 알아듣는 둘째, 그리고 멀리서 달려오는 첫째.

소파에 자리를 잡고 척 하고 앉는다.

자리 싸움이 치열하다. 누가 먼저 오느냐에 따라, 싸움이 벌어지기도 하고 평화가 다가오기도 한다. 그동안 아빠의 엉덩이에서는 구수한 냄새도 향기로이 올라온다. 자리를 정해 준다.

첫째는 여기

둘째는 여기

싫어도 할 수 없다. 자리를 잘 정해줘야 한다. 아빠도 아이들이 차분해질 때까지 아이들 사이에 앉아 잠시 TV를 본다.

그러면서 아이들에게 말을 하고 간다.

꼭 말을 하고 간다.

"아빠, 응가하고 올게"~

아빠의 황금 같은 자유시간이 화장실에서 펼쳐진다.

화장실 문을 열어 아이들이 잘 있는지 빼꼼 쳐다본다. 잘 있으면 즐거운 화장실 시간이 이어진다.

둘째가 자리를 옮기고 싶나 보다. 첫째 쪽으로 좀 다가가니, 첫째의 둘째 괴롭히는 소리가 들린다.

"오지마~~"

그러면서 둘째가 울기 시작한다. 아빠는 아직 일이 끝나지 않아, 문 사이로 외친다.

"둘이 싸우지 마~~"

말로 할 수밖에 없다.

조금만 더 힘을 주고 얼른 나간다. 황금 같은 자유시간은 신기루와 같이 금방 사라진다.

그리고 아이들 둘 사이에 가지런히 아빠의 엉덩이를 들이 민다.

아빠와 아이들이 TV와 함께 잠을 깬다.

육아휴직 초기에 TV 보는 시간은 아빠가 화장실에 있는 시

간과 동일하게 설정하였다. 아빠가 나오면, TV를 끄고, 아빠
와 같이 있기 놀이를 하였다.

그림 9 TV는 위대한 발명품이다.

*Tip. 아이들이 거실에 있을 때, 아빠가 큰 볼일을 보러 화장
실에 갈 때는 TV를 켜 놓는다.*

여기서 잠깐, 아빠가 미리 일어나서 볼일을 보면 되지 않느
냐고 생각할 수 있다. 엄마와 아빠가 같이 일어나서 둘다
부스럭 대면, 아이들이 일어나서 더 일이 커진다.

엄마가 나간 후에 아빠만 일어난다? 아이들이 보통 먼저 일
어나기 때문에 안된다. 아빠가 매우 일찍 일어나서 볼일을
본다? 매우 일찍 일어나면 볼일을 볼 수 없다.

아빠가 일어나면, 아이들도 같이 일어나기 때문에, 어떤 선
택이든 같은 결과로 이어진다. 그래서 아빠는 잠을 최대한
늘리는 쪽으로 노선을 택하였다.

3. 아침에 일어나기-첫째

보통은 둘째가 더 예민하지만, 아주 가끔 첫째의 귀가 더 예민해지는 날이 있다. 확률적으로 둘째가 먼저 일어나는 날은 70%, 첫째가 먼저 일어나는 날은 30%의 비율이었다.

첫째가 엄마 나가는 소리에 벌떡 일어나, 엄마~ 하고 찾지만, 아빠가 일어나 다가간다.

"엄마는?"

하고 물어본다.

"회사 갔어~"

"왜?"

"우리 아이들 맛있는 거 사주려고"

"엄마 언제와?"

"있다 어린이집 끝나면 오지"

보통 이 대화가 아침을 알리는 대화이다.

엄마가 회사를 가는 것이, 아직은 어색한 시기이다. 둘째는 울기만 하지만, 첫째는 대화가 가능해 여러가지 상황을 파악하는데 아침 대화를 사용한다.

엄마가 없는 것을 확실하게 인지를 하면 자는 것은 재미가 없으니 거실에 가서 놀자고 한다.

"우리 거실에 나가 놀자~"

"우리 조용히 나가자~~"

조용히 나가자고 하면서 문을 쾅 연다. 그러면 둘째가 일어나서 자기를 안아 달라고 운다.

"첫째야~ 동생 깼으니까 같이 놀자~"

모두가 일어나는 상황이 되어 버렸으니, 달라질 것이 없다.

첫째가 조용히 나가는 경우, 또는 둘째가 곤히 자는 경우에는 첫째와 나가서 아빠와 거실에서 신나게 논다. TV도 보고, 맛있는 것도 먹고, 하고 싶은 장난감도 가지고 놀고.

TV 보는 사이 아빠는 볼일을 본다. 그 사이 둘째가 깨서 안아 달라고 한다. 육아휴직 초기에는 둘째가 방에서 혼자 나오지 못하니, 이 때는 울게 놔둬야 했다. 볼일을 보는 도중에 갈 수는 없으리라.

육아휴직 도중 둘째가 걷기 시작하고, 혼자 방문을 열 수 있는 발달이 진행될 무렵에도, 아빠는 아침에 화장실에서 볼일을 봐야 한다. 첫째가 먼저 나가고 둘째가 나중에 일어나는 경우, 둘째가 일어날 즈음에는 언제나 이상하게도 아빠는 화장실에 앉아있다. 왜 그런 지는 모르겠으나, 아빠가 꼭 화장실에서 조용히 볼일을 보면 둘째가 깬다.

어쩔 수 없다. 빨리 최대한 볼일을 보는 수밖에 없다.

이불 밖으로 나와 방문 앞까지 기어 나와서 울고 있는 둘째를 안으면, 세상이 나를 서럽게 만든다고 아빠에게 불만을 토로한다. 둘째와 첫째가 서로가 먼저 자기와 놀아 달라고 떼를 쓰기 시작한다.

TV를 틀어 놔도 소용이 없을 때가 있다. 그러면 한 명씩 한 명씩 놀아줘야 한다. 첫째 한 번, 둘째 한 번, 놀아주다 보면, 아침 잠에서 깨어난다.

첫째는 아빠와 언어로 소통이 되니 구체적인 욕구를 표현할 줄 안다.

"아빠, 아침 먹기 전에, 뭔가 먹고 싶어"

여기서 뭔가는 달콤한 그 어떤 것을 지칭한다. 아이들은 아빠와 다르게 아침에 뭔가 달콤한 것이 항상 필요한가 보다.

100원짜리 요구르트로 그 갈증을 달래 주었다.

처음에는 첫째 에게만 요구르트를 주었는데, 둘째는 첫째가 무엇을 먹나 옆에 앉아서 계속 쳐다보았다.

첫 삼 개월~사 개월은 첫째만 요구르트를 아침에 일어나서 마시게 하였다.

지금 에서야 회상해 본다면 돌잡이 아기와 두 돌 잡이 아기는 상당히 큰 발달 차이를 가지고 있는 것 같다. 육아휴직 초기에는 기어만 다니는 돌잡이 아기였는데, 육아휴직 말기에는 어엿한 꼬마로 성장해 있는 것 같아서 여러 생각이 든다.

아무튼 아침에 일어나기 과제 (또는 아침에 잠을 더 자기 과제)는 아이가 잠에서 확실이 깸과 동시에 마무리할 수 있다.

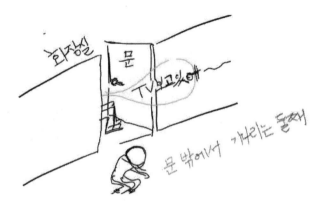

그림 10 TV가 있어도 아빠를 찾을 때가 있다. 밖에서 기다리라고 해 야지...

Tip. 육아휴직 후 아침에 잠을 더 자려면 조용한 환경을 만들어야 한다.

Tip. 아침에 잠을 더 자려면 암막 커튼을 쳐야 한다.

4. 아침 먹기

사람이 크려면 무엇인가 끊임없이 먹어야 한다. 먹어야 한다기 보다, 에너지를 끊임없이 보충해줘야 한다. 아이도, 초등학생도, 중학생도, 고등학생도, 대학생도, 회사원도, 아침에 무엇인가를 먹어야 하루가 든든하다는 생각은 모두 맞을 것이라 생각한다. 습관이 되어 아침을 먹지 않는 사람이 있지만, 아이에게 아침을 먹이지 않는 사람은 없을 것이다. 그리고 육아휴직 한 아빠가 두 아이에게 아침을 먹이는 광경을 본 사람도 그리 많지 않을 것이다.

첫째를 어린이집에 보내기 전에, 아침을 먹이지 않고 보내면, 뭔가 비윤리적이고, 신고가 들어올 것 같다. 어린이집을 보내지 않을 당시에는 아침에 시간적 여유가 많고, 요리할 시간도 많고, 계속 집에 있다고 생각하니까, 아침을 못 먹인다고 생각할 수 없었다. 하지만 어린이집에 다니면, 직장인 또는 학생을 키우는 부모 마음이 되어, (직장 어린이집에 다니니, 왠지 아이도 직장에 다니는 것 같은 착각이 든다. 아이가 아니고, 직장인을 키우는 느낌이 든 달까? 벌써 직장을 보내다니 뭔가 모순점이 많이 느껴진다. 아이에게 아침을 꼭 먹여야 부모 마음이 편안해지는 것은 어쩔 수 없다.

물론 아이들이 아침을 쉽게 먹지 않는다. 때문에 두 아이의 아침을 먹이려면 간단한 준비를 해야 한다.

준비작업

먼저 얼만큼 아침을 먹일 것인지, 그리고 무엇을 먹을 것인지 결정해야 한다.

음식을 양: 부모라면 많이 먹이길 원하겠지만, 현실은 적당

83

히 먹여야 한다. 당신은 아침을 얼만큼 먹는가? 자식이 따라 주는 대로 먹이면 되고, 일단은 바라는 것보다 적은 양을 목표로 정하는 것이 좋겠다.

음식의 종류: 다양한 음식이 있다. 조리가 간단한 양식, 아침이 든든한 한식, 맛있는 중식 등이 있지만, 나중에는 아빠가 먹이고 싶은 것으로 귀결한다.

음식의 양은 당일 날 아침 정하더라도, 음식의 종류는 전날 밤 보통 마음 속으로 결정하게 된다. 전날 자기 전에 냉장고를 한 번 훑어보고 자면 결정하는데 큰 도움이 된다.

Tip: 아이들의 섭취량 목표를 작게, 아침 메뉴는 전날 정해라.

아침 요리하기

아침을 요리해야 한다. 아이들이 아침에 울고 불고 난리를 치는 시간에 아빠는 부엌 불 앞에 서있어야 한다. 불은 위험하다. 때문에 아이들은 불 옆에 있으면 위험한 것은 당연하다. 최근에 인덕션이나 하이라이트 등 조리기구의 발전으로, 불의 형태가 없어 아이들이 손으로 조리기구 위를 만지기도 하는데, 이것은 지속적인 주입 교육으로 만지지 않게 해야 한다. 아주 약한 잔열이 남아 있을 때에 슬쩍 손을 가져다 보도록 하여 열기가 어떤 것인지 알게 하면, 추후에 만지는데 예방이 될 수도 있으니, 참고하기 바란다. 불과 아이들은 멀리 있으면 좋기 때문에, 아이들이 다른 것에 집중해 있을 때 요리를 해야 한다. 본인이 선택한 방법은 TV이다. 아침에 일어나 아이들이 TV를 보고 있는 사이에 요리를 주로 진행했다. 이전 장에서 TV를 보는 사이 어른이 볼일을 봐야 하는데, 볼일은 빨리 보고, 요리로 모드 전환을 하는 것이 바람직하다. 왜냐하면 TV를 많이 보는 것은 그 닥 좋지 않으니 말이다.

요리는 빠르게 진행한다. 냉장고를 부탁하는 것처럼 말이다.

전날 맛있게 먹고 남은 반찬과 국을 할 때도 있고, 포장 이유식을 데우는 일도 한다. 계란 후라이를 할할 때 있고. 볶음밥을 만들 때도 있고. 냉장고에 무엇이 있든, 정해진 TV 시청 메뉴가 가 끝날 때까지 눈 깜짝일 사이에 요리를, (또는 음식 데우기)를 진행한다.

Tip. 아이들과 불을 멀리하고, 혼자서 빠르게 요리하면 편하다.

아침 먹이기

요리를 마치고, 멋지게 만든 (데운) 음식을 그릇에 담는다. 식탁을 펴고, 음식이 담긴 그릇을 놓고, 숟가락을 놓고, 아이들을 부른다.

"자 밥 먹자~~"

첫째가 이 말을 듣고 다음과 같이 대답한다.

"먹기 싫어~ 더 놀고 싶어"

그러면 아빠가 다시 말한다.

"먹어야 키가 크지~~"

좋은 말로 아이를 구슬려서 밥상으로 오게 한다. 이 때 TV를 강제로 끄면 아이가 잘 온다.

TV를 보면서 밥을 먹이는 것은 절대 하지 않기로 결심했기 때문에, 밥상으로 아이들을 잘 구슬리며 유도한다. 가끔은 밥 먹고 맛있는 것도 준다고 한다.

둘째는 기어 다니니까, 아빠가 안고 와서 아기의자(부스터)에 앉힌다.

첫째는 밥상 앞에 앉아 하는 말이 투정 뿐이다.

"이거 싫어~ 먹기 싫어~"

참아야 한다. 인내의 아침이다. 인내하는 법을 알아야 한다.

아빠는 둘 사이의 가운데 앉아, 한 손에는 숟가락, 또 다른 한 손에는 숟가락을 들고, 양쪽을 번갈아 본다.

둘째는 아직 숟가락을 잡으나, 제대로 운용하지는 못한다. 아빠가 숟가락에 이유식을 하나 얹혀 입에 넣어준다. 그러면 둘째는 오물오물 하다가 뱉는다.

아빠의 다른 쪽 손에는 아직 첫째를 위한 숟가락이 들려 있다. 이 숟가락에 밥을 얹어 첫째의 입에 갔다 데며

"아~"

첫술이 아이의 입에 들어간 후, 이야기한다.

"맛있지?"

"맛없어"

다시 둘째의 숟가락에 음식을 준비하고 입에 대준다. 이번에는 손으로 숟가락을 펑 친다. 숟가락 위의 음식과 함께 숟가락이 건너편으로 파르르 하고 날아간다.

이 때 잠시 눈을 감고 평화로운 장면을 상상한다.

다시 처음부터 한 손에 한 숟가락 씩 들고 식사를 반복한다. 한 입 한입 첫째를 다 먹이고 나면, 둘째도 어느정도 먹었을 것이라고 생각한다. 하지만 장난이 대부분이고 입으로 들어가는 부분은 몇 안 되었을 것이다.

식탁 주변은 전쟁터다. 둘째가 손으로 치고, 날라가고. 하지만 첫째의 뱃속에는 목표한 것보다 많은 밥이 들어간 것 같다.

내일 아침에도 이 식사를 해야 한다는 것을 다짐 하고, 아이들은 거실에서 놀고 있으라고 한다.

아이들은 거실에 있는 장난감 상자를 꺼내며 주섬주섬 놀기 시작한다.

밥풀을 주우며, 다음 퀘스트를 진행하려 한다.

둘째가 밥을 잘 먹지 않던 시절에는 위와 같은 식사가 반복

되었다. 때문에 둘째의 밥그릇에는 목표한 것보다 항상 작은 양이 밥그릇에 들어갔고, (왜냐하면, 청소하기 편하려고). 조금만 입에 들어가도 된다고 생각하고 식사를 진행하였다.

그림 11 맛있지? 맛없어.... 둘째는 식사체험~

위의 식사 형태는 3~4개월정도 지속되었던 것 같다.

3~4개월정도 후에는 둘째가 숟가락을 입에 넣기 시작하고 오물오물 밥을 잘 먹기 시작하였다. 먹는 것의 즐거움을 먼저 알려야 하겠다는 생각에 무작정 먹이지는 않고 천천히 먹이는 방법을 택하였더니, 밥을 잘 먹게 된 것 같다. 이후에는 청소의 정도도 줄고, 육아휴직 말기에는 깔끔하게 아침 식사를 마칠 수 있게 되었다.

Tip. 아이들의 아침식사는 생각보다 적게, 인내를 가지고 시작한다.

아빠의 아침

아빠의 아침 식사는 아이들과 다르다. 아빠는 잘 먹고 빨리 먹을 수 있다. 본인의 아침식사 습관에 따라 달라지겠지만, 육아휴직 남자의 아침식사는 그냥 아빠보다는 조금 더 이유식을 많이 먹는다고 생각하면 될 것이다. 아침식사를 누가 또는 아이들이 차려주지 않으니, 아빠가 알아서 먹어야 할 것이다.

아빠의 아침식사는 아이들이 식사를 끝내고, 거실에서 놀고 있을 때 1분안에 해결했다. 아이들이 먹고 남은 것을 후루룩 먹거나, 밥솥 안의 밥과 냉장고의 반찬을 꺼내 밥그릇 위에 올려놓고 후루룩 먹는다.

다음 임무를 진행하기 위해서, 그리고 간단하고 빠르게 아침식사를 끝낸다. 커피를 마시고 싶으면 아이들이 노는 사이에 재빠르게 진행해야 할 것이다. 본인은 커피를 마시는 못하는 체질이라 커피 타임이 따로 없지만, 커피 타임이 있는 아빠들은 아이들을 잘 놀게 구슬리는 것이 필요할 것이다.

설거지는.. 밖에 다녀와서 하는 걸로?

Tip. 아빠의 아침식사는 아이들의 남는 이유식과 추가 반찬을 이용한다.

Tip. 식기 세척기가 있으면 좋을까?

5. 세수하고 양치하고 옷 입히기

아침식사가 끝나면, 아이들의 옷은 밥풀투성이 일 때가 있다. 옷이 다 젖어 있을 때도 있다. 때문에 옷을 갈아 입히거나, 외출을 위해서 세수 및 단장이 필요하다. 외출의 필수과정이기 때문에 세수는 반드시 해야 한다.

둘째 차례

먼저 밥풀투성이인 둘째를 먼저 손을 봐야 한다. 더 더러운 (Dirtier) 아이부터 세안시킨다. 아빠가 아침식사를 끝내고, 거실에서 띵까 띵까 놀고 있는 둘째를 잡아 든다. 밥풀이 도망가지 못하게 살살살 윗도리를 벗기고, 아랫도리도 벗긴다. 기저귀도 필요하면 새것으로 교체해야 한다. 빨개 벗기고 화장실로 들고 가서 세수를 시킨다. 한 다리 무릎으로 아기를 받히고, 발 받침대에 다리를 올려놓고, 아이에게 수건을 두르고, 세면대에 아기를 밀착시킨다.

코밑, 입주변을 먼저 하고 살살살 비누로 문지르며, 음식물 찌꺼기를 제거한다. 아이들은 피부가 약하니 살살살 물로도 물질러 준다. 신생아가 아니니 신생아 할 때보다는 세게, 다섯 살 꼬마보다는 약하게 세수를 시킨다. 눈곱도 떼고, 코딱지도 빼기 위해 코를 살살살 눌러 주기도 한다.

아이의 얼굴은 물투성이 이니 수건으로 물을 닦아주고 옷을 입혀주러 간다.

옷을 입혀주러 가기 전에 로션을 발라준다.

그림 12 둘째 세안시키기

아이를 눕힌 다음에 기저귀를 장착한다. 다리를 오물이며 기저귀를 장착하기 싫어할 텐데 다리를 획 잡아 재빨리 기저귀를 설치한다. 뒤집어서 도망가기 전에 허리를 잡아 올려 아빠 무릎에 앉히고, 바지를 입히고, 뱀처럼 미끄러져 도망가기 전에 윗도리도 입힌다. 그러면 일단 둘째는 외출 준비 완료.

그림 13 옷입히기 기본자세

사실 아기들은 기저귀를 입힐 때가 가장 귀여운 모습 같다. 기저귀 채우면 몸을 뒤집어 휙 기어서 도망갈 때가 엉덩이를 팡팡 마사지 해줄 때가 가장 행복할 때 같다.

첫째 차례

첫째를 세안 시키기는 둘째보다 수월한 편이다. 두발로 서 있을 수 있고, 의사소통이 되니 말이다. 화장실 발 받침대에 서있게 해서 얼굴이 세면대 위로 위치하게 자리를 잡는다. 수건을 둘러주고, 적당한 미온의 온도인 물을 틀어 놓은 다음 아빠가 손으로 세수를 시켜준다. 아이가 혼자 할 때도 있으니, 이 때는 아이 혼자 세안을 진행하도록 한다. 아이가 잘 못 닦는 눈곱이나 음식이 얼굴에 눌러 붙어 있는 것만 아빠가 도와줄 때도 있다. 음식을 잘 먹으니, 얼굴 다른 곳에는 때가 없다. 전날 목욕이나 샤워를 하고 나면 딱히 더

러운 곳도 없다. 아기 피부가 정말로 아기 피부 같으니, 무리하게 세수를 시키지 않아도 된다. 눈에 띄는 눈곱 또는 코딱지만 제거해준다고 생각하면 될 것 같다.

정 아이가 싫어한다면 물수건으로 얼굴을 살살 닦아주는 것도 방법이다.

세안을 마무리 한 후에 수건으로 물기를 제거해주고, 로션을 발라주면 둘째 세안시키기도 완료!

Tip. 무리하게 세수를 시키지 말자.

그림 14 첫째 세안시키기

그런 다음에는 첫째의 외출복을 입혀줘야 한다. 시간이 여유가 되면 아이가 옷장으로 가서 서랍을 열어본다. 무슨 옷 무슨 옷이 있나 위 아래 양 옆으로 스캔을 하고, 오늘은 무슨 옷을 입을까 고른다.

시간이 없으면 아빠가 아무 옷이나 골라서 입히겠지만, 육아 휴직한 남자는 남는게 시간이다. 여유 있게 딸아이의 취향을 존중해주는 육아휴직 아빠다. 옷을 다 고를 때까지 기다려 주고, 옷을 고르면, 아빠가 입혀준다. 바지는 아빠 무릎에 앉혀서 입히고, 윗도리는 서서 입혀서 입혀준다.

그 때문인지 아빠가 먼저 옷을 골라주면 좋아할 때도 있고, 싫어할 때도 있고, 의사표현이 명확한 아이로 자라고 있는 것 같다. 아이가 늦게 일어나서 아빠가 먼저 옷을 골라주면 싫다고 아주 큰소리로 이야기하고 자기의견을 명확하게 이야기하는 것 같아, 싫다고 하면 아빠가 귀찮더라도 다른 옷을 보여주면서 이건 어때? 라고 아이의 의견을 물어보는 시간이 증가한다.

Tip. 아이의 취향을 존중하는 시간을 가져보자.

날씨가 추우면 두꺼운 옷을 입혀야 하고, 날씨가 더우면 얇은 옷을 입혀야 한다. 옷장은 엄마가 미리 정리해준다. 겨울에는 겨울 옷만 옷장에 넣어, 아이가 여름옷을 못 고르게 해서, 엄마의 걱정을 1차로 필터링한다.

Tip. 엄마의 걱정을 줄이려면 엄마가 먼저 필터링해서 걱정을 줄여준다.

아이가 좋아하는 옷을 매일 입으니, 똑 같은 옷을 여러 번 입을 때도 있고, 그만큼 빨래를 자주 해줘야 하는 것도 있지만, 아이가 행복한 것이 부모의 행복 아니겠는가? 아침에 시간을 좀 소요하더라도, 옷취향만큼은 첫째를 존중하려고 노력했다. 나중에는 첫째가 서랍을 직접 열어 양말은 자기가 좋아하는 무늬의 양말을 고르는 것을 보니, 뭔가 잘했다는 생각이 든다.

이제는 아침마다 자기가 입을 옷을 혼자 고르는 것을 보니 아빠는 서랍만 열어주는 역할만 한다. 셔터 맨이 되어버렸다.

아빠의 준비-라테 파파

이제 아빠가 준비할 차례이다.

일반적인 아빠는 아침에 샤워를 하고 면도도 거울을 보면서 수동 면도기로 수염을 깎는다. 향수도 살짝 뿌리고, 멋진 와이셔츠를 입고, 전날 잘 다려진 바지와 재킷을 입으면 완성이 되겠지?

하지만 육아휴직 아빠는 다르게 준비를 한다. 용변을 보고 양치를 하고, 어디 얼굴에 더러운데 없나 확인을 한다. 거울을 보면서 오늘 일정을 짤막하게 생각해본다. 아이들 눈곱은 뗐는데, 내 눈곱도 떼 야지. 어린이 집에 갔다 와서 다시 집에 오겠지?

즉 오늘 만날 사람이 추가적으로 있는지 생각을 해본다. 오늘 만날 사람은 어린이집 선생님 한 명뿐이다. 짧게는 30초, 아주 길면 3분 정도이다. 머리는 감을까? 아직은 추우니까 감지 말고 모자를 쓰고 가보자.

옷은 어떤 옷을 입을까 5초안에 생각해야 한다. 둘째가 화장실 밖 거실에서 울기 시작한다. 첫째도 뭔가 요구한다. 어제 입었던 청바지와 셔츠를 고르고, 아이들을 안으러 간다.

양말은 주머니에 넣고 아이들과 같이 신는다. 아빠 양말이야~ 오른쪽 왼쪽, 오른발 왼발 알려주면서 아빠 양말을 신어본다.

아이들과 같이 옷을 입고, 신발장으로 가서 신발을 신는다. 둘째는 허리에 안고 현관문을 나설 준비를 한다.

- 둘째가 기어 다닐 때는 아기 띠에 둘째를 업혀 놓고, 끊어지는 허리를 붙잡고 첫째의 신발을 신겨 주었다.

- 둘째가 걸어 다닌 후에는 둘째도 신발, 첫째도 신발을 신겨주어 허리 부담이 점점 감소하였다.

아빠는 별로 준비하지 않는다. 빠르게 아이들을 다음 목적지로 데려가기 위하여 준비하는 언제나 준비된 사람이 되어야 한다.

그림 15 둘째를 아기띠에 안고 허리를 굽혀 첫째 신발을 신긴다. 허리가 끊어진다.

사실 이렇다 보니, 육아휴직 아빠를 라테 파파라고 지칭하는 것도 의아하단 생각이 든다.

라테 파파의 어원이 스웨덴에서 한 손에는 유모차를, 한 손에는 커피를 들고 있는 아빠를 지칭해서 생긴 말인데, 아이가 둘이 있으면, 도대체 라테를 마실 정신이 없다.

육아휴직 현재 다섯 살, 두 살의 아이를 돌보고 있는데, 나가서 밥을 먹을 생각보다, 나가서 라테를 마실 생각보다, 어떻게 하면 조금이라도 쉴 수 있을까 생각을 먼저 하게 된다.

스웨덴이라서 라테를 마실 여유가 있는 것인지.

아빠 아침에 옷 입을 시간도 없는데, 무슨 라테를 사서 마시라는 건지.

아이가 둘이라서 유모차를 끌고 라테를 못사는데, 스웨덴에서는 살 수 있는지 나중에 가서 꼭 확인해보고 싶다.

여기서 잠깐 … 스웨덴의 육아휴직 정책은 다음과 같다.

아이를 출산하면 해당 가정에 약 16개월의 육아휴직이 반드시 배정이 되며 이 기간 동안 엄마와 아빠가 모두 육아휴직을 해야 된다는 것이다. 어떻게 사용할 것인가는 각 가정에서 결정하겠지만, 핵심은 엄마와 아빠가 서로 다른 회사에 다녀도, 엄마가 출산을 했으니, 아빠 회사에서도 반드시 육아휴직을 허용해 주는 것이다. 이 제도는 1975년부터 지금까지 시행되고 있다.

우리나라와의 차이점이 있다면, 아이를 출산한 사람은 엄마이지만, 엄마와 전혀 상관없는 아빠회사에서 아빠를 육아휴직을 반드시 승인을 해주는 것이다. 매우 큰 차이점을 볼 수 있다. 아직까지 우리나라에서는 엄마가 아이를 출산하더라도, 아빠는 아빠회사에서 따로 승인을 받아야 한다는 것이다. 인식의 차이점을 크게 확인할 수 있다.

"누구 씨 출산을 축하드려요~ 하지만 일은 다 하고 가세요"

라는 게 아직까지 우리나라 문화이다.

하지만 스웨덴에서는

"누구 씨 출산을 축하드려요, 육아휴직은 언제부터 하실 건

가요?

라고 회사에서 물어볼 것만 같다. 아이가 생겼으니, 아빠는 당연히 육아휴직을 쓰러 가는 것이다. 자연스럽게 말이다.

본인처럼 육아휴직을 쓰기 전에 조마조마 하지 않는 다는 차이점을 느낄 수 있었다. 마치 남자 출산휴가를 휴직처럼 쓰는 느낌이랄까?

이러니 마음이 편할 수밖에 없다는 생각이 든다.

여기서 또 하나의 차이점이라면, 아직까지 한국은 출산을 하면 육아휴직을 본인이 신청해서 받는 것이라면, 스웨덴은 출산하면 자동으로 휴직이 적용된다는 점이 큰 차이점 같다.

인식의 전환이 매우 중요하게 느껴진다.

한국의 육휴남도 아침에 준비를 하고 라테를 마신다는 인식을 하면, 여유로운 아침이 될 수 있지 않을까?

그림 16 오른손엔 가방 왼손에는 첫째, 등에는 기저귀 가방,
이런데 라테를 마셔볼까?

우리 둘째

화장실 문 밖에서 서성이는 둘째

화장실에서 세수하고있는 아빠

화장실~
들어오지마~

난 화장실 들어갈거야~
발을 먼저 넣어볼게~

나는야

장난꾸러기!

발을 넣었다 뺏다~

넣었다 뺏다~

그림 17 라떼 파파의 세수 중 : 라떼를 마시려면 먼저 세수를 해야 한다. 세수를 해야 하는데, 둘째가 자꾸 화장실로 들어오려고 한다. 말은 못하면서 말은 다 알아듣는 둘째다. 14개월인데, 모든 말을 다 알아듣는 것 같다. 눈치가 백단인가. 천단인가. 눈치는 어렸을 때부터 백단이 아니고, 이미 무한대에 가까운 것 같은 이 느낌은 뭐지?

6. 어린이집가기

아이가 두 명 옷을 입고 현관 밖으로 나왔다. 엘리베이터를 기다린다. 엘리베이터를 기다리면서 아이와 숫자도 보고, 숫자 놀이도 해보고, 복도 창 밖의 풍경도 보면서 기다린다.

둘째가 아직 걷지를 못할 때는 아기 띠에 아기가 매달려 있을 때도 있고, 아빠가 안고 있을 때도 있다.

한 번은 이런 적이 있다. 첫째가 먼저 신발을 신으려고 해서 도와주고 있었다. 그러자 기어 다니던 둘째가 기어서 현관을 나가는 상황도 있었다. 아침에 옆집 아이도 어린이집에 가는 시간이라, 소리가 들려서 문을 열어 놓았기 때문에, 둘째는 열린 문을 통해 요리조리 기어 나간 것이다. 다행히 신발을 신기고 둘째를 찾으러 가보니, 꽤 많은 거리를 기어서 갔더라. 엘리베이터를 지나서 복도 끝 창문에 기대 서서 창 밖 풍경을 보고 있던 둘째였다.

그 이후로는 안전이 확보되는 상황을 통제하기 위해서 신발을 신길 때는 문을 닫고 신발을 신겼다.

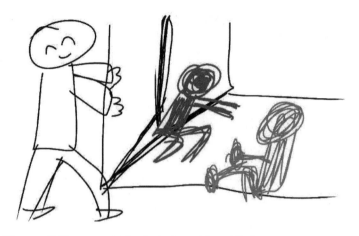

그림 18 현관으로 기어 나가려고 하는 둘째.

첫째는 두 발을 독립적으로 잘 사용하여, 엘리베이터 앞에서 요기조기 돌아다니면서 엘리베이터 문이 열리길 기다린다. 엘리베이터 문에 붙은 경고 표지를 보면서 엘리베이터 문을 만져야 하는지 만지지 말아야 하는지 알려주기도 한다. 엘리베이터를 타고 나서는 주차장으로 가는 버튼을 누른 다음에 엘리베이터 안에서 기다린다. 아빠의 허리는 둘째를 아기 띠에 얹어 놓으면 점점 약해진다. 아빠는 벽에 기대서서 첫째의 손을 잡고 문이 열리길 기다린다.

문이 열리고 나면 주차장이다. 아이들에겐 치명적인 주차장이다. 차들이 왔다 갔다 하며 아이들을 위협한다. 주차장이 가장 위험한 장소 같다.

주차장에서 이동할 때는 꼭 아빠 손을 잡고 이동을 했다. 주차장이 아직 보행자 우선 상황을 유도하지 못하는 상황이 아쉬울 따름이다. 사람들이 다닐 수 있는 통로를 확보해두고, 자동차가 그 길을 피해갈 수 있도록 유도하면 좋겠다는 생각이 든다.

차에 태우기

타고갈 자동차 곁에 오면, 문을 열고, 움직이는 아이부터 차에 탑승하도록 한다. 아빠와 같이 찰싹 붙어있는 둘째는 나중에 타도록 결정하였다. 먼저 움직이는 아이를 탑승하도록 함으로써 위험 요인을 줄이는 것이다. 첫째가 두발로 여기저기 갈 돌아다닐 가능성이 있으니, 이를 차단하기 위하여 차에 탑승 시킨다. 세단 형태의 자동차를 가지고 있기에 차문을 열어주면 혼자 탈 줄 알았으나, 육아휴직 초기에는 혼자 타지 못하였다. 엉덩이를 살짝 밀어주거나, 두 손으로 어깨를 잡아 들어올려주었다.

그림 19 둘째를 안고 차에 태우는 방법

육아휴직 후기에는 키가 많이 커서 혼자 카시트의 손잡이와 문 손잡이를 잡고 다리로 계단을 올라가듯이 차를 혼자 올라탈 수 있었다.

첫째가 차안에 안전하게 들어간 것을 확인하면, 둘째를 차에 탑승 시킨다. 둘째는 주차장에서는 계속 안아서 이동했기 때문에 둘째를 차에 태우기는 큰 문제 없다. 문을 열고 안고 있던 둘째를 카시트 위에 앉힌다.

그림 20 첫째를 태우고 둘째를 태우는 방법, 첫째 쪽 문은 닫아 놓는다.

카시트는 첫째와 둘째 모두 주니어용 카시트 (9 kg>) 를 사용한다. 신생아부터 사용할 수 있는 카시트는 자리를 많이 차지하기 때문에 아이의 체중이 9kg 가 넘는 순간 주니어용 카시트로 교체해주었다. 둘째는 5점식 겸용 카시트를 사용하여 주행 시 안정성을 높였다. 첫째는 어른들이 사용하는 3점식 시트벨트를 사용하는 주니어 카시트를 사용한다.

둘째를 카시트에 앉히고, 안전벨트를 채운 후에, 다시 첫째 자리로 가서 첫째의 안전벨트를 체결한다.

안전벨트를 체결할 시에 안전벨트 연장 클립을 이용하여 안전벨트를 쉽게 체결할 수 있도록 하였다.

안전벨트 연장 클립을 사용하니 첫째가 혼자 안전벨트도 해체할 수 있고, 어른이 안전벨트를 체결할 때 몸을 깊게 숙이지 않아도 되는 장점이 있었다. 다만 스스로 안전벨트를 뺄 수 있으니, 이것은 말로 잘 설명해 주었다. 운전 중에는 절대로 빼면 안된다고 알려주었다.

아이들의 안전벨트를 모두 체결하면 드디어 아빠는 운전석에 앉게 된다.

이동하기 및 운전하기

아이를 둔 친구가 한 말이 있다. 자동차 육아라는 단어를 사용했는데, 아이가 아빠와 신체적으로 분리되는 공간이 자동차라고 언급을 하였다. 아이들은 카시트에 앉아 있고, 아빠는 운전석에 앉아 있기 때문에 실질적으로 신체적으로 완전히 분리되어 있다. 아이와 아빠와의 거리는 가깝지만, 신체적으로 분리되어 있는 시간을 제공하는 시간이 자동차에 앉아 이동하는 시간이다. 운전을 해서 번거롭지만 약간의 자유시간이 생기는 자유시간이다?

아이들은 카시트에 앉아서 창 밖을 보거나, 오디오에서 흘러나오는 음원에 귀를 기울인다. 자동차에 앉아 있으면 앉아서 할 수 있는 이야기도 한다. 아침에 안좋았던 일, 좋았던 일, 옆에 앉아 있는 동생을 괴롭히는 일도 하고.

처음에 둘만 뒷자리에 앉혀만 났는데도 첫째가 둘째를 괴롭히는 경우도 있었다. 둘째가 쳐다본다고, 둘째를 꼬집는 경우도 있었고, 때리는 경우도 있었다. 운전하고 있는 도중에는 말로만 제지를 하였지만, 완전히 정차하였을 때는 뒷자리로 가서 아빠가 첫째를 훈계하는 일도 있었다.

이동할 때는 안전이 최우선이다. 앞을 보고, 아이가 울어도 앞을 봐야 한다.

대부분 많이 움직이고 싶어서 그러는데, 10분정도 울면, 대부분 울음을 그치고 상황에 순응하는 경우를 많이 보았다. 막 울면서 차에 안타는 경우도 있었지만, 이때는 힘으로, 둘째를 카시트에 앉혀야 했다. 그리고 5분만 지나면 자는 경우도 있었다.

카시트를 무서워하지 말았으면 한다. 카시트는 이동중 생명을 가장 안전하게 책임져주는 아이템이기 때문이다.

실제로 가족과 함께 이동중에 사고를 당할 뻔 했던 경험이 있다. 옆 차가 신호도 주지 않고 앞으로 갑자기 껴드는 경우가 있었다. 이때 자동차 경적을 크게 내고, 몸도 꽤 휘청

거렸다. 급브레이크를 밟았는데, 아이들은 모두 카시트에 앉아있었다. 안전벨트가 아이들을 안전하게 보호해 주었다. 이런 경험을 기억하는지, 첫째는 아빠가 사고 버튼(Clarkson)을 눌렀고, 안전벨트가 나를 꽉 잡아주었다고 나중에 이야기해주었다.

둘째도 말은 못했지만, 5점식 안전벨트 때문에 사고 날 뻔 순간을 안전하게 기억했던 것 같다. 별다른 느낌이 없었단 느낌이다.

Tip. 자동차로 아이들이 이동할 때는 언제나 카시트를 사용하자.

운전을 하다 보면 어린이집에 도착을 하고 주차장에 정차하여 이제 차에서 내려야 한다.

차에서 내리기

차에서 내릴 때에도 주차장에서 내리기 때문에 안전을 항상 첫번째로 생각해야 한다. 어린이집 주차장도 주차장이다. 자동차들이 있고, 각양각색의 운전자들이 있다. 항상 조심해야 한다. 어린이집 주차장이지만 자동차가 있기에 항상 조심해야 한다. 어린이집 주차장에는 어린이들이 더 많고, 나의 어린이도 있기 때문이다.

어린이집 주차장에 정차를 하고 나서, 가장 안전한 주차장이 어딘지 확인을 해야 한다. 아이들이 하차를 쉽게 할 수 있는 곳이 어디인지 둘러본다. 정차를 하고 나서, 누가 먼저 내릴 지는 확인을 해야 한다. 첫째 같은 경우는 말을 알아 들으니, 움직이지 말라고 하면 움직이지 않는다. 둘째는 내려놓으면 안되니까 안고 있어야 한다. 둘째를 안고 첫째를 하차 시킬까, 첫째를 하차하고 둘째를 안고 있을까, 항상 고민이다.

육아휴직 초기에는 먼저 둘째를 안고, 첫째를 하차 시켰다. 왜냐하면, 첫째가 말을 제대로 안 들었기 때문이다. 내려놓으면 여기저기 움직이려 해서, 먼저 움직이지 않는 둘째를 먼저 아기 띠에 묶어 놓고 첫째를 내려놓았다. 첫째가 내리면 아기 띠에는 둘째가 매달려 있고, 첫째는 아빠 손을 잡고 어린이집 건물로 이동하였다.

육아휴직 후기에는 둘째가 커서 아기띠에 들어가지 않는 몸이 되었다. 아기띠를 하면 아빠 허리가 끊어지게 아팠다. 그래서 첫째를 먼저 차에서 하차 시키고, 아빠 옆에 꼭 붙어 있으라고 하고, 둘째를 하차하고 안았다. 둘째를 안고 이동하고, 첫째는 아빠 손을 잡고 어린이집 건물로 이동하였다.

움직이는 도중에도 차가 오고 가고 한다. 최대한 천천히 이동한다. 넘어지지 않게.

어린이집 주차장은 그나마 괜찮다. 사설 시설 주차장은 항상 조심해야 한다.

Tip. 아이와 주차장에서 이동할 때는 항상 어른과 함께 움직여 안전하게 이동한다.

어린이집에서 교실로 가기

어린이집 현관문에 넘어가면서 안전지대로 들어오면 약간 안심이 된다. 자동차가 없고, 사람들만 지나간다. 어른들도 지나가고 아이들도 지나간다. 조금 큰 어린이도 지나가고, 조금 어린 아기도 지나간다. 걸어가니, 눈높이로 지나간다.

현관에서 신발을 벗는다. 다섯 살 꼬마는 혼자 벗을 때도 있다. 둘째는 안고 있었지만 허리가 아파서 둘째를 내려놓는다. 둘째는 첫째가 신발을 벗는 사이 여기저기 기어 다니려고 한다. 첫째가 신발을 오래 벗으면 옆에서 봐줘야 하나. 첫째가 신발을 벗는 사이 둘째는 기어서 어디론가 가버렸다.

첫째를 데리고 어린이집 교실로 이동한다. 둘째를 안아서 갈 때도 있고, 익숙해지니, 둘째는 기어서 교실로 따라온다. 둘째가 기어 다니지만 아이와 어른들이 다 피해 다닌다. 원래 걸어 다녀야 하는데, 12개월도 넘었는데, 기어 다닌다. 안고 다녀야 하지만, 너무 허리가 아파서 이럴 때는 좀 기어 다니라고 놔둔다.

첫째가 교실 앞에 도착한다.

둘째가 기어서 교실 앞에 도착한다.

아빠는 첫째와 인사를 한다. 항상 아침에는 뽀뽀를 하여 아빠와 둘째와 잠시 헤어짐을 인식시킨다.

첫째가 어린이집을 처음 갈 때는 막 우는 편은 아니었다. 어린이집에서 헤어지기는 잘 헤어졌는데, 엄마가 보고 싶다고, 어린이집 가있는 동안 많이 울었다고 했다. 집에 와서는 엄마는 회사 가니까, 아빠랑 둘째랑 같이 집에서 놀고 싶다고 말해주었다.

하지만 시간이 지나니, 어린이집에서 노는 것도 재미있다고 알려주었다. 어린이집에서 여러가지 활동도 하고 친구랑 놀기도 하니, 그런 것도 재미있다고 나중에는 잘 적응하는 모습을 보니 대견했다.

그러고 또 시간이 지나니, 가끔은 집에서 노는 것도 좋다고, 어린이집에 가기 싫다고 하는 날도 있었다.

어쨌든 어린이집 교실로 들어간 첫째는 육아휴직 아빠의 임무를 하나 완료 시켜주고, 남은 임무를 수행하러 아빠는 다시 돌아가야 한다.

Tip. 어린이집에서 헤어질 때, 진한 애정표현을 해준다.

그림 21 어린이집 교실 앞에서 (아빠+둘째)와 헤어지는 첫째

보통의 어린이집 등원 방법

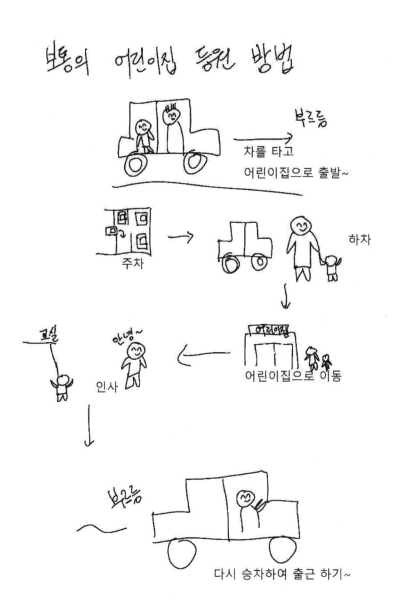

부르릉

차를 타고
어린이집으로 출발~

주차

하차

어린이집으로 이동

안녕~

인사

교실

부르릉

다시 승차하여 출근 하기~

114

그림 22 어느 아침의 어린이집 등원과정: 일반적으로 어린
이집의 주차장에서 보는 풍경은 위와 같다. 부모도 다음 일
정이 있기 때문에, 되도록 빠른 시간에 아이를 어린이집 교
실로 데려다주고, 빨리 회사로 이동하는 모습을 볼 수 있다.
아이와 더 있고 싶은 엄마와 아빠일텐데, 빨리 헤어지는 모
습이 아쉬워서 그 모습을 그림으로 그려보았다.

육휴남의 어린이집 등원

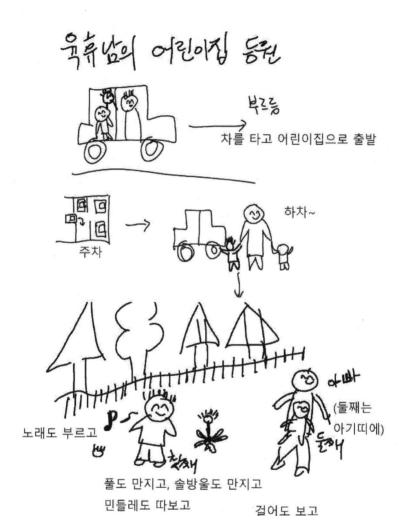

부르릉
차를 타고 어린이집으로 출발

주차

하차~
(둘째는 아기띠에)
아빠
둘째
첫째

노래도 부르고
풀도 만지고, 솔방울도 만지고
민들레도 따보고

걸어도 보고
뛰어도 보고

아침 등원이 여유로운 육아휴직 아빠~

그림 23 육아휴직 한 아빠의 어린이집 등원 방법: 육아휴직을 하면 상대적으로 시간으로부터 자유롭다. 아이와 등교길에 시간을 많이 쏟아 아이에게 보채지 않도록 하는 것이, 본인의 육아휴직의 목표였다.

7. 10시에서 12시 사이 활동을 위하여

9시 반~10시에 첫째가 어린이집에 들어간다. 지금까지 많은 일이 있었지만, 지금부터 더 많은 일이 일어난다. 바로 육아휴직 대상인 둘째와의 긴밀한 시간으로 들어가는 아주 중요한 시간이다.

오전 시간을 어떻게 보내느냐가 오후 시간을 어떻게 보낼지 결정하게 되기 때문이다.

10시에서 12시에는 아이의 활동을 가장 중점으로 아빠가 초점을 맞추는 것이 좋다. 활동을 많이 하면 점심도 많이 먹고, 오후 낮잠도 잘 수 있기 때문이다. 하지만 경우에 따라 아빠가 더 힘든 경우도 있으니 아래를 참고 해보도록 하자.

그림 24 10시에 12시 사이에는 신나게 놀아야 한다.

아이의 활동이 최고의 목표

10시에서 12시 사이의 최고의 목표는 아이의 활동을 목표로 하면 좋을 것이다. 어디를 가던, 어디에 있던, 아이가 마음껏 뛰어다니게 하는 것이 둘째 아빠의 목표였다. 집에서도 여기저기 기어 다니게 하고, 걸어 다닐 때에도 여기저기 뛰어다니게 하는 것이 목표였다. 활동이 목표인 이유는 배고픔과 졸림을 활성화 하기 위해서이다. 흔히 먹놀잠이라는 패턴이 있다. 돌 이전의 아기에게 흔히 적용되는 루틴이다.

먹고, 놀고, 자고 = 먹놀잠

아이마다 특성도 다르고 패턴도 다르겠지만, 본인은 노는 것이 가장 중요했다. 특히 우리 둘째는 돌 직후에는 이유식을 거의 먹는 척만 하고 입에 바르기만 하고, 거의 먹지를 않았다. 손으로 음식을 비비고, 잡고 던지고, 입에 들어가는 것이 있어도 금방 뱉고, 아주 난리도 아니었다. 먹는 것이 소원했기에 당연히 신체 발달도 뒤떨어졌다.

때문에 당연히 배가 고프면 먹겠지 라는 생각에, 활동을 많이 시키는 것이 목표가 되었다.

밥그릇 앞에 앉혀놓고 먹이려고 애쓰는 것보다, 배고프게 해서 아이가 혼자 먹게 하려는 생각이 먼저 들었다. 물론 밥그릇 앞에 앉혀놓고 먹이려고 해보았는데, 앞서 설명한 것처럼, 아주 재미있게 놀기만 하지, 먹는 것에 대한 성과는 없었기 때문이다.

잘 먹는 아이를 대상으로 시간을 보내더라도, 10시에서 12시 사이는 활동을 추천한다. 아이가 낮잠을 잘 자려면 말이다.

기어다닐 때 10시에서 12시의 활동 목적지

목적지는 아빠와 아이가 무엇을 할 것인가에 따라 달라진다.

- 아이의 활동:

- 아빠의 사무 처리

- 자연환경 감상

둘째가 기어 다닐 때 아이의 활동은 사실 기어 다니는 것 말고 크게 기대할 수 없다. 때문에 기어 다니는 활동을 할 수 있는 곳을 찾아야 한다. 아이가 기어 다닐 수 있는 곳은 그리 많지 않다.

: 어린이집, 공공 또는 사설 키즈 카페, 집, 친구 집

네 가지 목적지 중 그날의 아이 컨디션에 따라 적절히 활동 목적지를 정하면 될 것이다.

아빠의 사무처리를 위하여 은행, 우체국, 백화점, 마트 등을 갈 수 있다. 이때는 아이를 아기띠에 앉혀 가거나, 유모차에 앉혀 가기 때문에 적절한 이동수단을 병행해야 할 것이다.

본인이 가장 많이 선택했던 것은 자연환경 감상을 위해서

근처 공원을 아이와 함께 거닐었던 것이다. 공원을 한바퀴 거닐며, 아이에게 말도 걸어주고, 아빠 마음속에 있는 말을 자주 해주었다. 지나가는 사물에 대해 설명도 해주고, 알아들을지는 모르지만, 없는 말, 있는 말 다 지어서 아이에게 말을 걸어주었다. 영어로도 말해보고, 혼잣말도 해보고 노래도 흥얼거리며, 공원을 가장 많이 돌아다녔다. 물론 유모차와 아기띠가 가장 많이 이동수단으로 채택되었다.

아이가 기어 다닐 때는 집에 있는게 가장 편안하다. 익숙한 물건이 있고, 안전이 확보되어 있기 때문이다. 아이 또래 친구 집에 가면 장난감도 다르고, 환경도 다르기 때문에, 울고 보채는 경우가 많다. 굳이 갈 필요가 없다. 아이가 집에서 마음껏 기어 다니게 하는 것이 중요한 것 같다. 집이라도 여기저기 기어 다니면 체육 활동이 꽤 되기 때문이다.

둘째가 기어 다닐 때는 배는 들지 않고 발가락으로 점점 앞으로 가는 때도 있었다. 두 손을 한꺼번에 앞으로 내밀어 평형을 하듯이 배밀이를 할 때도 있었고, 점점 발전하여, 배를 들고, 두 발과 두 손으로 기어 다니는 때도 있었다. 어른이 기어 다니면 그렇게 힘들 수가 없다. 아이도 기어 다니는 것이 편하지는 않을 것이다. 하지만 이동하고 싶다는 열망으로 열심히 기어 다니는 모습이 그렇게 귀여울 수 없다. 동영상으로 많이 찍어 두어, 나중에 크면 보여주도록 하자.

둘째가 기어 다닐 때 이동 방법

둘째가 기어 다닐 때에는 둘째가 어딜 자신의 의지로 갈 수 없다는 것을 의미한다. 흙 바닥을 기어 다닐 수 없지 않은 가. 곧 집 밖에서는 아빠가 항상 둘째를 안고 있어야 한다 는 것을 의미한다.

아기와 같이 이동하는 방법에는 여러가지가 있다.

- 아기띠를 하고 이동하기

- 유모차에 태워 이동하기

- 포대기를 설치하여 어부바 하여 이동하기

- 맨손으로 안아서 이동하기

- 목마를 태워 이동하기(?)

- 아빠는 걷고 아기는 기어 다니기...

- 자동차를 태워 돌아다니기

위에서 가장 현실적인 방법이, 아기띠를 하고 이동하기, 유모차에 태워 이동하기이다. 포대기를 사용하여 어부바 하는 것은 집 주위에서 간단히 할 수 있는 방법이다. 맨손으로 안아서 이동하는 것은 장시간 하는 것은 무리이다. 목마를 태워 이동하는 것은 안전상 매우 위험하고, 아기가 밖에서 기어 다니는 것은 불가하다. 하지만 기어 다니는 것은 안전 이 확보된 실내라면 가능하다. 다행히 어린이집 규모가 꽤 있어서 가능한 일이다.

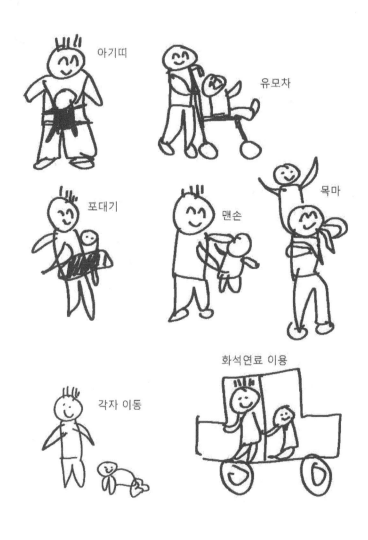

아기띠

유모차

목마

포대기

맨손

각자 이동

화석연료 이용

그림 25 아이와 함께하는 여러가지 이동방법

- 기어 다니기

둘째가 기어 다닐 동안 어린이집의 정식 활동이 시작하는 10시 30분까지 어린이집에서 좀 시간을 보냈다. 첫째가 교실로 들어가고 난 이후 어린이집을 기웃기웃 돌아다닐 수 있다. 아무도 없는 어린이집 실내 놀이터에서 10분정도 놀고, 10분정도는 계단을 기어올라가거나, 기어 내려오는 연습도 하고, 큰 강당에서 마음껏 기어 다니게 한 적도 있다. 어린이집 야외 놀이터에서는 아빠랑 안고 같이 그네를 탄 적도 있다.

사실 기어 다니게 하면 좋지는 않을 것이다. 어린이집에 다니는 대부분의 인원은 걸어 다니기 때문에 바닥 청결에 따라 기어 다니는 것이 좋을지 좋지 않을지 여러 의견이 나뉘겠지만. 안으면 내려 달라고 떼를 쓰는 둘째를 보며, 매일은 아니지만 가끔은 기어 다니게 하여 호기심을 해소시켰다.

- 안아서 이동하기:

서지 않는 아기를 안아서 이동하는 것은 아빠가 중노동을 하는 것을 의미한다. 아이를 안고 1000보 이상을 걷는 다는 것은 움직이는 쌀 가마니를 들고 요리조리 다는 것을 지칭한다. 기어 다니는 아이를 안고 30분이상 걸으면 아빠가 낮잠을 자야 할 것이다. 안아서 이동할 때는 최소한으로 이동하자.

-   유모차 이동하기

유모차로 이동한다는 것은 집이나 자동차에 유모차가 항상 하나 구비되어 있어야 한다는 것을 의미한다. 휴대용이나 절충형 유모차가 자동차 트렁크에 항상 실려 있어, 공원에서 산책을 하며 아이와 시간을 보낸다. 이때 아이는 대부분의 시간을 유모차에 앉아있어 보낸다. 여러 자연 환경을 보거나, 새로운 것을 볼 때 애용하는 방법이다. 아이는 유모차에 앉아 있고, 아빠는 뒤에서 설설 밀면서 다닌다. 너무 오래 유모차에 앉혀 다니면, 중간에 아이가 잘 수도 있다. 이럴 때는 상황이 애매모호 해지기 때문에, 아이를 유모차에서 잘 재우지 않는 것으로 결정하였다. 왜냐하면 아이가 곤히 잠들 때 다시 카시트에 태우거나 할 때 아이가 깨면 울기 때문이다. 되도록 잠은 잠자리에서 자는 것으로 유도해야 한다.

유모차에 태워 다니는 것은 아빠가 설설 밀면서 다녀야 하기 때문에 아빠가 적당한 유모차 코스를 파악하고 있어야 한다. 자동차가 많이 지나다니는 횡단보도나, 울퉁불퉁한 블록이 많은 길은 피해야 할 것이다. 아이와 함께 여기저기 다니면서 최적의 코스를 찾는 것이 필요하다.

유모차를 이용하여 대부분의 공간이 실내인 백화점도 다닐 수 있지만, 백화점까지 가야하고, 백화점에서 유모차를 펴서 이동하고, 볼일을 마친 후에는 다시 자동차로 와서 유모차를 접고 집까지 이동해야 하기 때문에, 정말로 백화점에 가야하지 않는 이상, 이 방법은 선택하지 않았다. 또한 백화점에서 유모차를 이용하면 에스컬레이터를 이용하지 못하고 엘리베이터를 이용해야 하기 때문에, 생각보다 많은 시간을 이동시간으로 할애해야 한다.

유모차로 기어 다니는 아기와 이동할 때는 평평한 곳을 찾고, 유모차에서 자지 않도록 코스를 잘 찾아보자.

- 아기띠

아기띠를 사용하면 아기가 아빠에게 딱 붙어 아이의 안전면에서는 최고점을 줄 수 있다. 하지만 아빠의 허리가 끊어진다는 큰 단점이 있다. 아이의 몸무게가 9 kg 이상이 되는 순간 아빠의 골반 및 허리에 큰 부담이 된다는 점을 기억하자. 아기띠로 이동할 때 역시 긴 거리를 걸으려 하지 말고, 아주 가까운 곳을 갈 때 주로 사용한다고 생각하고 이용하면 좋을 것 같다.

- 포대기

포대기를 사용하여 아이를 업을 수 있다. 포대기는 계속해서 아이가 흘러내린다는 단점이 있다. 30분 이내로 사용해야 할 것이다. 이동하기 보다는 집에서 안아주는 대용으로 사용한다고 생각하자.

- 자동차에 태워 이동하기

먼 거리를 이동할 때 사용하는 수단이다. 걸어서 이동할 수 없을 때 자동차에 태워 이동한다. 카시트를 반드시 사용해야 하며, 30분 이상 이동하면 역시 잘 수 있다. 최종 목적지를 30분 정도에 맞추어 이동 코스를 설정해야 할 것이다. 카시트에 앉혀 놓으면 아이가 요구를 할 수도 있다. 물을 달라, 먹을 것을 달라, 노래를 틀어라.

손에 쥐고 있던 장난감을 떨어트릴 수 있고, 이때 다시 주워 주는 행동은 안전이 확보된 이후에 해야 할 것이다.

둘째가 걸어 다닐 때 목적지

둘째가 걸어 다니기 시작하면, 아이의 활동을 위한 목적지가 매우 확장된다. 기어 다닐 때는 집, 키즈 카페로 한정되었던 목적지가 박물관, 미술관, 공원 등, 어른과 똑같이 설정할 수 있다. 사람이 너무 많지 않고, 아이가 뛰어다닐 수 있는 모든 곳이 목적지가 될 수 있다. 본인은 주로 아이의 활동에 초점을 맞추어서 공원이나 박물관을 가장 많이 다녔다. 목적지의 특성에 대해서는 뒤에서 따로 설명하도록 하겠다.

거리에 따른 이동 방법 설정

위에서 언급한 이동 방법은 목적지 설정에 따라 달라질 수 있다.

집에서 걸어서 5분 이내: 안아서 가기, 포대기

집에서 걸어서 10분이내: 아기띠, 유모차

집에서 걸어서 10분 초과: 자동차

위와 같이 목적지의 거리에 따라 이동수단을 적절히 사용하면 큰 문제는 없을 것이다.

놀이터

아빠가 기어다니는 아이를 야외 놀이터에서
한번 기어다니게 했다. 아이는 너무 신이 났었다.

내려줘~
내려줘~

시소~

오예~

다음날에는 엄마와 둘째가
놀이터에 갔는데, 둘째가 내려달라고 바둥바둥 신호를 줬다.
결국 내키지 않았지만 야외 놀이터에서 기어다니게 했다.

여보야~ 일로와바..
둘째와 무슨일이
있었던 것이야

그림 26 아빠가 놀이터에서 둘째랑 노는 법: 둘째와 놀이터에서 놀게 되었다. 둘째를 자유분방하게 놔두었더니, 그것을 빠르게 습득해버린다. 엄마와 놀 때도 자유분방하고 싶은 우리 둘째의 모습과, 자유분방하게 놔둔 아빠의 결과를 그려보았다. 놀이터에서 둘째를 기어 다니게 한 아빠는 과연 어떻게 되었을까?

8. 점심시간

밖에서 신나게 놀거나, 집안에서 신나게 놀고 난 뒤에 시계를 쳐다본다. 모두가 배고플 시간, 시계바늘이 11시 30분이 가리킨다. 아빠도 배가 고프고, 둘째도 배가 고파올 시간이다. 아침을 8시경에 먹었으니, 이제 슬슬 배가 고프겠지. 물론 중간에 간식을 먹인다. 간식을 먹을 경우도 있고, 장난을 치는 경우도 있지만, 바깥 나들이의 영향으로 분명히 배가 고플 것이다. (혹은 낮잠을 잘 수도 있다)

둘째가 기어 다니는 경우, 산책할 때는 아빠가 대부분 안고 걸어서, 아빠의 걸음걸이의 진폭과 주기로 아기도 움직였기 때문에 분명히 소화가 다 되었을 것이다.

걸어 다닐 시에는 아기가 걸어 다니고, 뛰어다녀서, 그 걸음걸이에 맞게 몸이 움직여 위장, 소장, 대장이 음식을 소화시켰을 것이다.

이제 아빠가 부엌에 가서 둘째 아이의 식사를 준비할 시간이다.

하지만 둘째가 아빠를 가만히 놔둘 것인가?

아빠는 서서히 부엌으로 몸을 옮긴다. 아이도 따라 온다.

아빠가 주방 싱크 앞에 몸을 맡겨 놓으면, 아이도 아빠의 무릎을 잡고 일어서려고 한다. 앙앙앙 울기 시작한다.

울기 시작하는 아이와 함께 점심을 무사히 준비할 수 있을까?

먼저 머릿속에는 무엇을 먹을 것인가를 정해 놓아야 한다.

무엇을 먹을 것인가를 정해 놓아야 몸이 어떻게 움직일지, 지금 내 무릎 아래 붙어있는 둘째를 어떻게 제어 할 것인지 판단이 서기 때문이다.

먼저 무엇을 먹일까 부터 정해보자.

오늘 점심 메뉴는?

아이의 점심 메뉴를 고르는 방법은 어른이 메뉴를 고르는 기저 반응이 비슷하다.

냉장고에 무엇이 있는가? : 냉장고에는 여러가지 원재료와, 어제 먹었던 남은 반찬/(밥), 냉동음식, 배달 이유식 등이 있을 수 있겠다.

어제 먹었던 것은 무엇인가? : 어제 먹었던 반찬이 남아 있는가? 맛있었던 것이 있으면, 오늘 또 먹을 수 있는가?

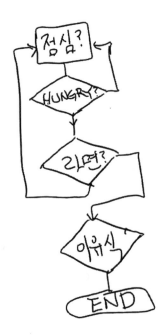

그림 27 오늘 점심은 이유식이다. 아이가 좀 크면 밥을 먹겠지.

아이의 뱃속 컨디션은 어떠한가? (매우 중요하다): 배탈이 났으면 순한 것으로, 배탈이 나지 않았으면, 어른이 먹을 수 있는 무엇인가를 시도할 수 있는 컨디션인지 확인한다.

난 무엇을 할 수 있는가?: 프라이팬? 찜? 압력밥솥? 등을 이용해 원재료 가공을 할 수 있는가?

위의 사항들은 냉장고를 탐색하고, 전체적인 상황이 어떤지 파악하는 단계이다. 위 사항보다 가장 중요한 사항은 아이가 얼마나 배고픈 가이다. 즉, 아빠의 요리 시간이 얼마나 확보가 되는지 중요하다.

아이의 컨디션은 아래와 같이 크게 3가지로 나눌 수 있다.

- 아이가 아빠한테 계속 보챈다: 배가 고프다. 아이를 안고 요리를 할 수 있을까?

- 아이가 잘 놀고 있다. : 배가 덜 고프다. 이때 틈틈이 요리를 할 수 있다.

- 아이가 잔다: 아빠가 아이가 자는 사이 요리를 할 수 있다.

이때 가장 힘든 것이 아이가 아빠한테 계속 보채는 경우인데, 이때는 안고 요리를 하거나 업고 요리를 진행해야 한다. 안고 요리를 할 때는 매우 위험하니, 무릎 아래에 내려 놓는다. 아기가 잡고 일어설 텐데, 위험한 불을 마주하고 싶지 않으면, 무릎 아래에서 계속 울게 놔둬야 한다. 정말로 안전하게 상황을 만들고 난 후 안아줘야 한다.

아이가 잘 놀고 있을 때에는 부엌과 거실을 아빠가 왔다 갔다, 옮겨가면서 놀이를 병행하며 요리를 해야 한다.

아이가 잘 때는 아이의 다음 식사를 준비해야 하는데 아이가 깨지 않게 조용히 해야 한다. 아이와 함께 열심히 놀았으면, 아빠도 쉬고 싶을 수 있다. 아빠도 아이와 자고 싶어서 요리의 퀄리티가 떨어질 수 있다. 또는 아빠가 열정이 있으면 좋은 요리를 할 수 있다. 이때 메뉴는 위에서 말한 모든 메뉴를 준비 할 수 있다. 하지만 단, 조용히 해야 한다는 조건을 만족해야 하며, 아이가 잠든 지 30~40분 이내에 해야 한다. 아이의 낮잠 중 깊은 수면은 초반이기 때문이다. 30분 이후에 무엇인가 하려고 하면, 차라리 아이 옆에서 조용히 누워있는 것이 더 좋을 것이다. 왜냐하면 언제 깰지 모르는 상황에서 요리를 준비하면, 아이가 배고프고, 배고프면 안아줘야 하고, 안아주면 요리를 못하고, 위험한 상황을 맞이할 수 있기 때문이다.

계란 후라이, 또는 준비된 이유식, 국과 밥, 또는 기타 음식이 준비가 되었으면 상을 차리고, 이제 점심 식사를 시작하면 된다.

아기 점심 먹기

육아휴직 중 점심을 먹는 시간에는, 아빠와 아기뿐이다. 둘이서 단란한 식사를 한다. 사랑하는 사람과 점심을 먹는다. 단지, 사랑하는 사람이 아기일 뿐이다.

흔히 밥상머리 교육이라고 부르는데, 밥을 먹는 습관이라는 것은, 밥을 먹기 좋은 환경을 만들어 주는 것이라고 시작한다. 외부 자극을 차단한 채, 밥을 먹는다는 행위에 집중할 수 있게 환경을 조성해주는 것이다.

일정한 식탁, 일정한 의자, 일정한 숟가락, 일정한 그릇을 준비하는 것이 좋을 것 같다. 아이가 밥을 먹으면서 장난을

칠 수는 있지만, 밥을 먹는 시간에는 밥을 먹는구나 하고 알려주는 것으로 식사시간을 임하였다. 이때 음식은, 일단 아이 것만 준비하였다. 아빠는 아이가 다 먹고 나중에 먹는 것으로 정하였다. 아이가 아빠 것을 뺏어 먹으면, 아빠는 먹을게 없어지니 말이다. 허허

앞서도 언급하였지만, 우리 둘째의 육아휴직 초기 먹는 방법은 음식을 잡고, 던지고 입에는 10번에 한번만 들어가고, 난리도 아니었다.

점심시간에 아빠가 숟가락으로 입어 넣어주고, 맛있는 것도 올려주고, 간도 평소보다 조금 세게 농도를 짙게 해주면서 음식의 신세계를 보여주었다.

여기서 맛있는 것이란, 과일을 반찬으로 조그맣게 썰어서 이유식과 같은 숟가락에 올릴 수도 있고, 간장을 조금 섞어 맛있게 만드는 것이다. 이유식을 설명서대로 만들면, 사실 밍밍하다. 본인은 사실 매우 싱겁게 혀 세팅이 되어 있다. 짠 것도 좋아하지만 말이다. 싱거우면 먼저 맛이 밍밍하다고 느낄 것이다. 이런 느낌은 아이도 똑같이 느낀다고 생각하는 것이 좋다. 아이가 밥을 줬는데 먹지 않거나, 조금 먹으면, 맛이 없어서 그럴 수 도 있으니, 어른 입맛의 1/3정도로 간의 농도를 증가시켜 먹는 것으로, 맛의 신세계를 보여주면, 아이가 차차 잘 받아 먹는 것을 볼 수 있을 것이다.

핑거푸드도 아이가 좋아하게 맛있게 만들면 잘 먹을 수 있다. 고기 전을 아이 입 크기에 맞게 만들거나 (작게 만들기

힘드니, 크게 만들고 나중에 자르는데 더 편할 수 도 있다), 과일을 아이 입 크기에 맞게 조절하면, 아이가 먹는 것의 즐거움을 알게 된다.

정말로 육아휴직 초반에는 준비하는 어려움이 10이었다면, 정리하는 어려움은 100이었다. 식탁 주변이 폭탄 맞은 듯이 정말 어지러웠다. 하지만 육아휴직 후반에는 다 큰 아이처럼 먹게 되는 기적적인 현상을 마주하게 되었다.

아빠는 아이가 먹을 동안 이야기 해준다. 음식을 어떻게 만드는 것인지, 어떤 재료가 들어갔는지, 그릇은 어떻게 만드는지, 이 음식에서는 어떤 맛이 나는지, 음식의 역사도 이야기 해주고. 아빠가 애인에게 이야기 해주는 듯이 이야기 해주면 아이가 좋아한다.

아이가 음식을 던지면 그러지 말아야 한다고 알려주고, 아이가 음식을 잘 먹으면 칭찬을 해주고, 아빠도 아이를 사랑한다고 알려주면, 아이가 알아듣는지, 그러는지 모르겠지만, 밥 먹는 시간이 아이 입장에서, 아빠 입장에서 외롭지 않을 것이다.

혼밥이 싫어서 꽉 막힌 공간에서 먹는 식당도 있는데, 육아휴직하면 혼밥은 없다. 왜냐하면 항상 옆에 있는 아기와 함께 이니 말이다.

아이의 밥을 아빠도 한입 먹어보고(물론 다른 숟가락으로), 아이도 한입 먹어보고, 그러면서 그릇의 음식이 줄어든다. 즐거운 먹는 시간을 만들어주면, 아이도 좋아할 것이다.

아이가 준비된 음식을 다 먹으면 후식을 준비해준다. 과일이나, 뭔가 상큼한 것들을 말이다.

후식을 다 먹고 나서, 아이의 옷을 보면 엉망 진창일 가능성이 매우 높다. 수건으로 입이나 손을 닦아주고, 윗도리, 아랫도리도 갈아 입혀 준다. 필요하면 세수도 시켜주고, 물기도 말려준다.

아이가 배가 부르면 혼자 잘 논다. 부엌에서 멀리 떨어뜨려 놓고, 시야가 확보된 곳에서 놀게 해보자.

좋아하는 간식을 주거나, 좋아하는 장난감을 쥐여 주거나, 노래를 틀어주거나 한다. 아이가 배가 부르면 혼자 노는 마법을 볼 수 있을 것이다. 그럼 이때다, 배고픈 아빠의 점심 시간이 이제부터 시작이다.

아빠 점심 먹기와 눈물의 라면.

: 아이가 자지 않을 때 먹기

아기들의 이유식은 대체적으로 밍밍하다. 아이에게 준비된 이유식이 남는 경우, 이유식을 보관하거나 그 이외의 방법으로 처리해야 한다. 그 이외의 방법 중에, 아빠가 먹는 방법이 있다. 이유식의 양은 많지 않으니, 남은 이유식을 아빠가 먹어도 배가 부르진 않을 것이다.

다시 탐색 알고리즘이 작동한다. 냉장고에 먹을 것이 무엇이 있는지 매의 눈으로 탐색한다. 가공해서, 요리해서 먹을 수 있는 시간은 한정적일 것이다. 아이가 거실에서 혼자 놀 수 있는 시간은 그리 길지 않다. 아이가 아빠를 곧 찾기 때문에, 간단하고 배부른 것을 먹어야 한다.

밥에 물을 말아 먹거나, 냉장고의 반찬을 꺼내, 머슴밥을 먹을 수 도 있다. 어제 남은 국과 함께 먹거나, 할 수 도 있다. 선택권은 그리 크지 않다. 간단한 계란 후라이/국데우기, 전자레인지가 있으면, 간단 조리 음식은 충분히 먹을 수 있다.

멋지게 혼밥을 차려 먹을 수는 당연히.. 아이가 잘 때는 가능하겠지만.

아이와 같이 밥을 먹거나 따로 밥을 먹을 때 항상 고려해야 하는 것이 아이의 안전이다. 음식이 따뜻해야 맛있는데, 맛있는 음식을 먹으려면, 불을 써야 한다. 불은 위험 요소 중 요리할 때 가장 많이 사용하는 항목이다.

아래의 타인의 일화를 보자.

어린이집 선생님 중과 이야기하다가, 선생님의 과거 이야기를 하나 들었다.

아기와 엄마가 있었다. 아기가 밥을 다 먹고, 엄마가 라면을 먹고 싶어 했다. 라면을 준비하기 위해 물을 끓이고, 면을 넣고, 스프도 넣었다. 아기가 옆에서 하도 울어서 안아 주다가, 라면 국물을 엎고 말았다. 라면 국물은 안타깝게도, 아기의 손 위로 쏟아지고 말았다. 아기는 손이 뜨거워서, 크게 울었다. 라면 국물은 매우 뜨거워서, 아기의 손은 화상을 입

고 말았다. 병원으로 아기를 얼른 데리고 가서 치료를 진행
했다.

며칠이 지나고, 아기 손에 감겨있는 붕대를 풀고 나니, 화상
자국 흉터가 선명했다. 의사선생님은 흉이 지워질 확률은
크지 않다고 말하였다고 했다. 아이의 손에는 엄마가 먹고
싶어했던 라면의 뜨거운 물로 인해 상처가 깊게 새겨지고
말았다.

아이의 엄마는.. 그 이후로 라면을 먹지 않는다고 말했다.

**그림 28 라면과 김치는 언제봐도 맛있지만.. 뜨겁다. 뜨거운
것은 위험하다.**

이 이야기를 들었을 때, 너무 안타까웠다. 얼마나 라면이 먹

고 싶었을까 하는 엄마. 엄마를 애타게 찾아온 아기. 모두가 이해가 된다. 아이도 엄마가 안아 주길 바랬을 것이고, 엄마는 아이도 안아줘야 하고, 라면도 먹어야 했다.

아이의 바램은 한가지. 엄마가 안아주는 것.

엄마의 바램은 두가지였다. 엄마는 아기가 조용히 했으면 했고, 엄마는 뜨거운 라면도 먹고 싶어 했다.

엄마와 아이의 바램 중 누구의 바램이 더 많은가? 안타깝지만 엄마의 바램이 더 많다. 여기서 모두의 바램이 있는데, 그것은 아기가 건강하고 온전히 크는 것이다. 이것은 부정할 수 없을 것이다.

아기가 건강하게 크려면 어쩔 수 없이 사소한 바램은 잠시 나중으로 미루는 것이 좋을 것 같다. 라면을 먹고 싶으면, 아이가 잘 때 먹는 것이 좋을 것 같다. 라면을 끓이는 도중 아이가 일어나면, 다음을 기약하는 것이 좋겠다.

아이가 자지 않을 때는 간단히 점심을 먹는 것이 좋겠고, 아마 양이 부족할 것이다. 이것은 지속적으로, 조금씩 간식을 먹는 방식으로 때워야 하겠다.

Tip: 아이가 자지 않을 때 점심은 간단히 먹자. 주섬주섬 여러 간식을 지속적으로 먹는 것이 좋겠다.

: 아이가 잘 때 먹기

아이가 잘 때는 아빠의 자유 시간과 집안 정리 시간이 혼재

한다. 아기가 잘 때 먹고 싶은 것을 편안한 마음으로 먹어야 한다. 급하게 먹으면 체하니, 천천히 편하게 먹자. 처음부터 편하게 먹을 수는 없을 것이다. 아이가 언제 깰 지 모르니 말이다. 그래도, 귀중한 자유시간을 누리는 만큼, 즐겁게 먹는 것이 좋겠다. 너무 달그락거리지 않고 즐겁게 먹자.

Tip. 아기가 잘 때 아빠가 먹고 싶은 것을 먹고 싶을 때는 조용히 먹어야 한다. 나무 수저를 사용하면 조용하게 먹을 수 있다. 설거지는 아이의 잠을 깨지 않게 조용히 하면 마음이 편하다.

육휴남의 점심식만

점심시간이다~ 이유식 먹자~

냠냠냠 ~

이유식

친구 2명아~
우리집으로 올때 햄버거 3세트~

공돌이 A

공돌이 B

아빠의 점심은 친구와
가족과 함께하는 맛있는 햄버거~

햄버거 3세트

감자튀김

143

그림 29 점심시간에 친구들을 초대하여, 약간의 점심 파티를 진행한 적이 있다. 아이에겐 먼저 맛있는 이유식을 먹이고, 그 다음에 아빠와 친구들이 맛있는 점심을 먹는다. 그러면 아이는 배불러서 아빠의 음식을 본체만체 한다. 아빠 친구들이 둘째와 놀아주는 건 덤. 사람이 오는 것은 언제나 재미있는 경험이다.

9. 설거지 하기

점심을 먹고 나면, 아침을 먹은 그릇까지 함께, 싱크대에 많은 그릇이 쌓여있을 것이다. 설거지는 아이가 잘 놀고 있을 때 해야 한다. 식기 세척기가 있으면 일이 좀 줄어들겠지만, 마침 집에 식기 세척기가 부재하여, 타이밍을 잘 맞추어야 한다.

아이가 울고 있는데, 설거지를 할 수는 없을 것이다.

아이가 잘 놀고 있거나, 아이가 맛있는 간식을 먹고 있을 사이에 설거지를 진행한다. 아빠는 싱크대 앞에 서서 착착착 설거지를 하고, 우리 둘째는 간식을 먹고 있거나, 장난감과 같이 놀고 있다.

Tip: 설거지는 아이가 맛있는 간식을 먹거나, 좋아하는 장난감을 가지고 있는 사이에 한다.

아빠가 아침이나, 점심을 먹는 것과 마찬가지로, 설거지도 비슷한 일이다. 아이 입장에서 꽤 많은 시간이 소요되는 일이다. 10분 남짓이지만, 아이를 10분 돌보지 않으면, 큰일이 날 수 도 있기 때문에, 그리고, 아이에게 10분을 기다리라고 하면, 크게 운다. 10분동안 울음소리를 듣고 있는 것이 꽤나 힘들다. 때문에 안고 있는 것이 더 편할 때도 있다.

Tip: 아이가 잘 노는 타이밍에, 시간이 걸리는 집안일을 한다.

힘쎈 둘째

싱크대를 보고 설거지를 하고있는
아빠

둘째가 기어서
다가온다.

아빠 설거지 해야되~

아빠 나를 안아줘
나를 봐줘~
나를 위해 뭔가 해줘

설거지가 먼저냐~ 아이가 먼저인가
조금만 더 하면 되는데...
둘째야, 내가 안아줄게~

그림 30 설거지 하는 방법: 위에는 아이가 잘 노는 타이밍에 밀린 집안일을 하라고 써 놓았지만, 실상은 그러지 못하다. 14개월밖에 안된 아이가 설거지 하고 있는 아빠를 획 돌려서 안으라고 떼를 쓴다. 그럼 안아줄 수 밖에 없다. 허허허. 아이가 힘이 센지, 설거지도 못하게 하고, 아빠 몸도 획 돌려버린다.

10. 낮잠 재우기

앞서도 언급하였지만 먹놀잠 패턴이 있다. 먹고, 놀고, 자고.

아침먹고,

오전에 놀고,

낮잠을 자고.

이 패턴이 커갈수록 바뀐다. 먹고 자고, 놀고 (먹자놀)가 될 수 있고, 먹먹잠도 될 수 도 있고 먹놀놀놀잠이 될 수도 있다.

중요한 것은 아이가 커가면서 너무 패턴에 귀속되지 않는 것이다.

어른도 잠이 오려면 신나게 놀고 나서, 잠이 잘 온다. 많이 먹으면 잠이 올 수도 있다. 자연스럽게 배고프거나, 낮잠이 오도록 하는 생활 패턴을 만들어주면 되는 것이다.

오전에 활동을 하고 나서 아이가 잠이 오면 잠을 재우면 된다.

기어 다닐 시에는 주로 안고 다니거나, 유모차를 타고 산책을 다녀 오면 집에서 놀다가 잠이 오는 것을 확인할 수 있다. 유모차를 타고 생각보다 많이 돌아다니면, 좀 지겨워서 잠을 자는 경우도 있다.

유모차에서 재우면, 유모차에서 잠자는 아기를 옮기다가 잠이 깨서 되도록이면 유모차에서 잠을 재우지 않게 되었으나, 어쩔 수 없이 깊이 잠들었으면, 유모차에서 안전벨트를 풀러 안고 침실로 이동한 다음에, 옷을 편하게 벗겨준다.

집에서 놀다가 잠이 오는 때가 다가오면, 본인은 주로 포대기를 사용했다. 아이를 등에 업고, 포대기로 둘러, 집을 한바퀴 돌다 보면 잠을 자는 둘째를 만날 수 있었다.

잠이 오는 때를 잘 알아야 하는데, 매일 정확한 시간이 아니다. 잘 놀고 난 시간 이후라고 생각하면 된다. 오전 11시가 될 수 도 있고, 오후 12시가 될 수도 있고, 오후 1시가 될 수 도 있다고 여유롭게 생각해야 된다. 매일 정확한 시간에 잠을 재운다고 생각하면 재우는 사람이 스트레스 받을 것이다. 자기 싫은데 아이를 등에 업으면, 자기 싫다고 나중에는 생떼를 쓰기 때문이다. 아빠 등에서 업힌 다음에, 180도 회전하여 아빠 등에서 엎드려 있는게 아니고, 아빠 등에서 누워있는 신기한 광경도 볼 수 있다.

Tip: 억지로 재우지 말고, 잘 놀다가 잠이 오는 시간을 파악해보자.

: 낮잠 재우는 여러 방법

- 포대기: 잠이 온다고 아이가 사인을 보내면, 아이를 업고, 집 밖을 한바퀴 돌아본다. 아파트 정원을 돌아다녀도 되고, 보통 10분이면 아이가 잔다. 등에 있기 때문에, 안정적으로 아이를 이동할 수 있고, 아빠의 체온이 많이 느껴진다. 체력적으로 가장 오

래 포대기를 이용할 수 있다.

-   안고 자기: 집안에서 팔과 어깨로 안아, 아이를 재
    운다. 아이가 정말로 졸리면 금방 자지만, 정말로
    졸리지 않으면 아빠의 온몸이 아프기 때문에 오래
    재우지 못한다. 아이에게 가장 포근한 자세이나, 아
    빠에겐 지나치게 오래 안으면, 허리가 아프다.

-   자동차에서 재우기: 야외 활동을 정말로 많이 했거
    나, 잠을 안 자거나, 아빠가 체력적으로 힘들거나
    그럴 때, 카시트에 아이를 태우고 약간의 드라이브
    를 한다. 야외 활동을 많이 했으면, 집으로 돌아오
    는 도중에 잠을 잘 것이다. 잠을 잘 시간을 훨씬 넘
    겨, 잠을 안 잘 때 생떼를 부릴 경우, 아빠가 체력
    적으로 힘들 경우 드라이브를 한 경우도 있다. 이
    때 잠을 잘 시간을 넘겼기 때문에 금방 잔다. 아빠
    는 드라이브-쓰루 (Drive-Thru)를 이용할 수 있는
    장점이 있지만, 잠을 자는 아이를 잠을 깨지 않게
    집으로 옮겨야 하는 단점이 있다.

-   유모차에서 재우기: 유모차가 별로 잠에 친화적인
    환경을 제공하지 않아 별로 추천하지 않는다. 유모
    차가 이동할 때 발생하는 진동도 그렇고, 유모차가
    지나가는 길이 콘크리트처럼 부드러운 길이 별로
    없기 때문이다. 유모차에서 재울 때는 정말로 어쩔
    수 없어서 재우거나, 극히 제한적인 경우에 사용했

다. 유모차에서만 자는 아이를 만난 적이 있었는데, 정말 고생이 눈에 보였다. 아이가 정말로 피곤하면 유모차에서 산책할 때 자는 경우가 종종 있었지만, 정말로 유모차는 이동의 수단으로 생각하는 것이 좋을 것 같다.

- 혼자 자기: 혼자 자는 아기를 만나면 정말 행운의 부모가 될 것이다. 우리 둘째는 혼자 자는 경우는, 낮잠을 자는 환경을 잘 만들어주었을 때이다. 방을 깜깜하게 해놓고, 이불도 깔려있고, 아빠도 옆에서 누워있고 하면, 아이가 뒹굴다가 잠을 자는 경우가 있었다. 이때 아빠는 아이를 재우려고 하지 말고, 정말로 같이 자려고 하면, 아이가 아빠가 자는 모습을 보고 따라 자는 경우인 것 같았다. 이때 아빠도 정말로 자야 한다. 장점: 체력을 회복할 수 있는 귀중한 시간을 준다. 단점: 아빠도 자기 때문에 다른 일을 하지 못한다.

- 놀다가 자기: 아이가 정말로 잠을 재울 수 없거나, 잠을 자기 싫어하면, 에라 모르겠다 같이 더 놀아버렸다. 매우 신나게 노는 도중 아이가 갑자기 꿈뻑이기 시작하거나, 아이가 아빠 품에 안겨서 투정을 부리다가 자는 경우가 있었다. 밥 먹다가 자는 그런 경우이다. 장점: 10초만에 잔다. 단점: 10초만에 자도록 놀아줘야 한다.

- 여행 가면서 자기: 자동차에서 1시간 이상 이동하면, 아무것도 안하기 때문에 심심해서 자는 경우도 있었다. 장점: 운전하고 있는데 아이가 잔다. 단점: 아이가 심심해 하다가 자기 때문에, 아이가 일어나면 좀 찌뿌둥함 을 느낄 것이다.

낮잠 시간

이거하자

저거하자

 안잘거야~

아빠는 졸려... 낮잠 시간이야.. 자야지..

 신나게 놀자~
으아아앙~

아이고 모르겠다~ 아빠먼저 잔다~

놀자~ 재워줘~ 안아줘~
으아아앙~

졸다가 눈을 떠보니,
둘째가 아빠 옆에서 자고 있다.

그림 31 낮잠 자는 방법 중 하나: 둘째가 낮잠에 들지 않아 아빠가 너무 힘들어서 중간에 누워서 자버렸다. 그러다가 둘째도 따라서 아빠 옆에서 자는 모습이 인상깊었다.

11. 청소하기

아이와 놀다 보면, 책도 꺼내고, 장난감도 꺼내고, 먼지가 쌓이는 곳에 가기도 하고 소파 밑을 쳐다보기도 하고, 여러 가지 상황이 많이 발생한다. 음식을 먹다가도 흘리고, 아이가 지나간 곳은 모세의 기적이 일어나듯, 언제나 많은 물건이 뒤따라간다.

육아휴직 남자가 청소하는 방법은 여러가지이다.

아이와 함께 청소하기

함께라는 단어가 들어갔으니, 아이가 깨어있을 때를 의미한다. 배밀이 또는 기어 다닐 때에는 속도가 느리기 때문에 아이를 놀이방에 놓고 아빠가 얼른 거실이나 부엌에 가서 어질러진 물건을 제자리에 놓거나 한다. 결국에는 청소기를 사용해야 하기 때문에, 청소기와 같은 높이에 있지 않도록 해야 한다. 이때 아기 띠나 포대기를 사용할 수 있다.

아이를 아기띠에 얹어놓고, 한 손으로 청소기를 들고 위잉~ 청소한다. 무선청소기를 사용하면 편할 수 있지만, 안타깝게도 무선 청소기가 없어, 유선청소기로 청소하였다.

아기 띠를 착용한 채 허리를 굽혔다 펴기 매우 힘드니, 허리가 아픈 사람은 자제하도록 한다.

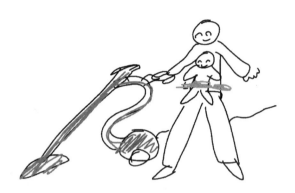

그림 32 아기띠에 아기를 엎어놓고 청소기 돌리기

포대기를 사용하고 아이를 등에 업고, 청소기를 사용할 수 있다. 하지만 이것도 팔을 움직이다 보면, 아이가 흘러내릴 경우가 있으니, 서서히 청소한다.

그림 33 포대기에 아이를 업고 청소하는 방법

청소하면서 윙 하는 소리가 커서 아이와 대화는 하지 못할 것이다. 하지만 아이는 위잉 소리가 나는 청소기를 호기심 있게 쳐다본다. 청소하는 행위 자체를 호기심 있게 쳐다보니 이것 또한 경험을 시켜준다 생각한다.

아이가 걸어 다니고 난 이후에는 아빠가 청소기를 가지고 오면, 아이도 먼지밀대걸레를 가지고 온다. 아빠가 먼지 걸레로 청소하는 것을 봐서 그런지, 청소기처럼 먼지 걸레를 앞뒤로 움직이며 청소하는 척을 한다. 업으면서 청소기를 운용한 탓인지, 청소를 할 때면 자기도 항상 먼지밀대걸레를 가지고 와서 꼭 청소한다.

그림 34 둘째가 밀대를 가지고 와서 아빠와 함께 청소한다.

아이가 잘 때 청소하기

아이가 잘 때 청소하는 방법도 있다. 바로 무선로봇청소기!!

손으로 드는 대형청소기보다 회전하는 부품이 작기 때문에 그만큼 소음도 적다. 그리고, 흡입 단계를 조절할 수 있기 때문에, 꽤나 조용하게 운전이 가능하다. 아이가 잠들고 나면, 로봇청소기가 청소할 수 있도록 장애물만 치워준다. 간단한 일이다. 단 조용하게 진행해야 한다. 장애물을 대충 정리하고 아이가 자고 있는 방으로 아빠가 이동한다.

방문을 꼭 닫는다.

스마트폰을 이용하여 로봇청소기를 가동시킨다.

그림 35 둘째와 함께 낮잠을 자며, 로봇 청소기를 돌리기. 방문을 닫아 놓으면 조용하고, 나도 누워있을 수 있다.

위~~~잉~~~

방문을 닫고 있고, 무선로봇청소기의 흡입 단계는 최소로 한다. 방문을 닫아서 그런지 꽤나 조용한 소음이 들린다. 시끄러운 정도는 아니다. 잠을 방해하는 정도도 아니고, 잠을 부르는 백색 소음 정도로 방 너머에서 청소기가 가동하는 소리가 넘어온다. 흡입 단계는 최소이지만, 그래도 청소는 잘 한다.

무선로봇청소기가 집안을 청소하는 사이, 아빠도 아이의 코 고는 소리를 들으며 눈을 감는다.

아이가 잠에서 깰 때 아빠도 잠에서 깬다.

아빠도 잠이 들고 말았구나.

잠이 깬 아이를 안고, 방을 나와보면, 로봇우렁각시가 청소를 매우 잘해 놓았다. 이제 아이가 할 일은 다시 어지럽히는 일이다.

로봇청소기는 아이가 기어 다닐 시, 잠을 잘 때 아빠의 허리도 보호하면서 아빠의 쉬는 시간을 제공하는 귀중한 아이템이었다.

12. 간식먹기

아이가 점심을 먹고 낮잠을 자거나, 낮잠을 자고 일어난 후이거나, 오후 2시~3시쯤 되면, 이제 간식시간이다. 아이의 간식시간이면서, 아빠의 간식 시간 일 수 도 있다.

아이가 신나게 놀다가 보채는 경우가 있다. 뭔가 힘이 빠지는 경우다. 팔굽혀펴기를 백만스물두개 했는데, 백만스물세개 못하는 경우 랄까.

간식으로 에너지를 보충할 시간이 온 것이다.

무엇을 먹일까 생각한다.

찬장에 실온 보관 식품? 과자/빵 등

냉장고에 과일? 요구르트? 치즈?

약간 짜거나, 약간 달거나, 실온이거나, 냉장이거나, 골라야 한다. 물론 아기가 의사소통이 명확하지 않기 때문에 아빠가 손질을 하기 쉬운 음식이나 먹고 싶은 걸로 대부분 간식이 정해진다. (보통은 아이의 식단에 맞춰서 정해지기도 한다)

계절과일이나, 요구르트, 치즈, 우유, 빵 이 대표적이다.

상을 펴 놓거나 의자에 앉히고, 기다리라고 말한다.

그리고 간식을 그릇 위에 올려 포크와 같이 준비를 하면, 아이는 제대로 잡지도 못하는 포크를 쥐고 먹으려고 한다.

아빠가 옆에서 도와준다.

입으로 갔다가 볼로 가고, 볼에서, 의자에서, 땅바닥으로 떨어지는 음식은 아빠 몫이다. 아빠도 간식을 먹긴 먹는다. 아이에게 아~ 해보라고 한다. 그러면 꽤나 한다. 간식이 들어가고 오물오물 씹고, 다음 간식을 바라는 입을 열 때, 왜 그렇게 귀여운지 알 수 없다.

한 번, 두 번, 세 번, 간식을 주다 보면 어느새 간식이 아이 뱃속으로 다 들어가있다.

그림 36 즐거운 간식시간에 아이의 간식을 뺏어먹으면 더 맛있다.

아쉬움에 더 달라고 하지만 저녁 먹을 배를 남겨놓아야 하기 때문에 다음을 기약한다. 아이 주변이 간식으로 초토화 되어 있을 수 도 있고, 맛있는 것을 먹었으면 깨끗할 수 도 있다.

간식 시간은 너무나 좋은 시간 같다.

당 성분으로 온몸이 짜릿하게 충전이 되고 나면, 어지러운 집안을 다시 더 혼돈으로 만들려고 아이는 출발한다.

아빠는 간식 먹은 자리의 뒷정리를 하고 다시 아기와 놀러 간다.

13. 빨래하기

집에서 빨래는 누가하나? 아빠가 하나? 아이들이 하나? 엄마가 하나?

모두 오답이다.

빨래는 세탁기가 한다. 냇가에서 빨래를 하던 시절은 옛날이고, 집마다 모두 세탁기가 있다. 세탁기가 빨래를 한다. 아빠가 할 일은 빨래 감을 세탁기에 넣고, 적당한 세제를 넣고, 시작 버튼을 누르는 것이다.

빨래는 하는 사이, 아빠랑 아이는 놀 수도 있고, 잘 수도 있다.

세탁기가 빨래를 완료하면, 빨래 감을 들고 와서 빨래 대에 널어놓는게 일이다.

아기가 자고 있으면, 아빠 혼자 넌다.

아기가 깨어있고, 기어 다니면, 빨래 감을 아래에 내려놓아, 축축한 빨래 감을 아이에게 만져보도록 해본다. 하나씩 헤집어 놓으면 하나씩 아빠가 널어놓는다.

그림 37 기어다니는 둘째와 빨래 널기

아기가 깨어있고, 걸어 다닐 때에도, 빨래 감을 아래에 내려 놓아, 축축한 빨래 감을 아이에게 만져보도록 한다. 하나씩 빨래 대에 널어놓으려고 시도한다. 널어놓으려고 하는지, 장 난을 치려고 하는 건지는 모르겠으나, 같이 한다. 아이는 빨 래 너는 행위가 지겨우면 다른 곳으로 간다.

그림 38 걸어다니는 둘째와 함께 빨래 널기

14. 정리하기

점심 먹고, 낮잠 자고, 간식 먹고, 일어나서 신나게 놀고 나니 어느새 첫째가 집으로 돌아올 시간이다. 집을 대충 정리해놓고 나가야 한다. 어지럽게 널브러진 장난감들을 원래 자리에 가져다 놓고, 책들을 원래 자리에 꽂아 넣는다.

둘째는 저기서 놀고 있다. 아빠가 순식간에 정리하면 정리하는 가보다 쳐다본다.

나가는 김에 로봇청소기를 한번 더 돌릴 수 도 있다.

이제 다시 자동차를 타고 나가야 한다. 자동차를 타러 가려면 옷을 입어야 한다.

아빠도 바지와 셔츠를 입고, 준비를 한다.

기저귀를 채우고, 윗도리, 아랫도리, 양말, 신발을 신기고, 계절에 맞는 잠바도 입힌다.

아기가 기어 다니면, 안고 가기도 하고, 아기띠를 하기도 하고, 유모차에 태우기도 한다. 아이가 점점 커가면서 아기띠는 졸업을 하고, 안고 가거나, 걸어가게 한다. 아빠도 신발을 신고, 둘째와 같이 엘리베이터를 탄다.

데리고 다녀야 할 인물이 둘째 하나라서, 아침보다는 수월하다. 자동차로 이동하여 카시트에 둘째를 태우고 난 후에, 아빠는 운전석으로 가서, 자동차에 시동을 걸고, 앞을 보면서 사고가 나지 않도록 조심조심 운전을 한다.

15. 첫째 하원 시키기

차를 몰고 어린이집 주차장에 다시 도착했다. 첫째를 만나기 전까지 데리고 다녀야 할 사람은 둘째뿐이다. 아이 하나 안고 이동하기는 사고 확률도 줄어들고 수월하다. 어른이 안고 다니니 이동도 편하다.

그림 39 둘째와 함께 첫째를 데리러 가는 길~ 둘째 하고만 가니 편하기도 하고 ~

아이를 안고 어린이집으로 이동한다. 신발을 벗고, 어린이집으로 기어들어가기도 하고, 걸어 들어가기도 한다. 어린이집 현관에 전시되어 있는 오늘 먹은 음식을 보면서, 나도 먹고 싶다고 이야기한다.

맛있는 음식 구경을 한 다음에 교실로 이동한다.

교실 미닫이문에 달려있는 창문 너머로 첫째가 보인다. 첫째가 우리를 확인하는 순간, 장난감은 팽개치고 달려온다.

이때가 제일 예쁜 것 같다. 반갑게 달려오는 첫째의 모습이 영화의 한 장면 같다.

웃으면서, 빠른 보폭으로 다른 친구들을 피해 요리조리 달려오는 그 모습이 너무 예쁘고 귀엽다.

문에서 만나는 사람은 아빠와 동생.

어린이집 등원 초기에는 울먹이면서 나왔는데, 엄마 아빠 보고 싶었어~~

펑펑 울면서 엄마~ 아빠~~ 어린이집 가기 싫어~~ 이제 집에 가자~~~ 그랬다.

세상이 무너지면서 엄마 아빠~~ 인상이 남는 기억은 반 전체가 밖에서 놀고 있는데도 우리 첫째 혼자 울면서 돌아다니고 있었다. 선생님도 이런 건 그냥 시간이 지나면 해결해 주겠지 하고 놔두시는 거였는지, 첫째 혼자 불쌍하게 울먹이려고 하는 얼굴로, 엄마 어디에 있어~ 언제가~ 엄마 보고 싶어~~ 엉엉엉 ~~빙글빙글 돌면서 엉엉~~ 우는 모습이 기억에 남는다.

하지만 차차 시간이 지나면서 우는 얼굴은 웃는 얼굴로 바꿔고 세상에서 가장 반가운 얼굴이 된다. 정말로 반가워서 집에서도 계속 보고 싶은 얼굴이다.

기어만 다니던 둘째가 걸어 다니면서 문을 탕탕 두드리면 다른 친구들이~ 첫째야 동생 왔다~ 하고 큰소리로 알려준다.

동생과 함께 첫째 반 앞에 서있으면 엄마 아빠에게 먼저 안겼는데, 시간이 지나갈수록 동생도 찾는다. 동생 어디에 있어~~ 동생도 안아주고, 뽀뽀도 해준다. 우리 동생~~ 이때도 세상에서 제일 귀엽다. 동생 좋아하는 첫째가 세상에서 그렇게 귀엽다.

하지만 귀여운 모습도 즐기면서 선생님과 오늘 하루 첫째가 어떻게 보냈는지 듣는다.

그러면서 선생님과 첫째의 뜨거운 포옹도 하고, 선생님도 남은 아이들을 돌보러 반으로 돌아 들어 가신다.

우리는 다시 셋이 되어 자동차에 탑승하러 이동한다.

첫째는 양말과 잠바를 발과 몸에 걸치고, 둘째는 다시 신발을 신는다.

첫째는 주차장으로 두발로 이동하고, 둘째는 안고 이동을 한다. 아침과 마찬가지로 첫째를 먼저 차에 들어가게 하고, 둘째를 카시트에 태운다. 첫째 자리로 이동을 해서 안전벨트를 체결 한 후에, 아빠도 운전석에 앉는다.

오늘 재미 있었던 일, 속상했던 일을 차안에서 이야기한다. 아빠가 가끔 가방에 맛있는 걸 숨겨왔는지 아빠 가방도 한 번 열어보기도 한다.

시동을 켜고 가속 페달을 밟으며, 집으로 돌아간다. 여름에는 해가 차안으로 들어왔는데, 겨울이면 해가 짧아서, 귀갓길의 차안이 어둡다. 실내등을 켜서 아이들이 안심하도록 하고, 이동한다.

집 주차장에서도, 둘째 먼저 안고, 첫째를 나중에 내리게 해서 안전을 확보한 다음, 한 손에는 둘째를 안고, 한 손에는 첫째 손을 잡고 이동한다.

주차장은 언제나 위험하다.

안고 있는 둘째가 꼬물꼬물 움직인다. 뽀뽀 한번 해주고, 현관 비밀번호를 누르고, 엘리베이터를 탄다.

엘리베이터에서도 요리조리 움직이며 놀고, 숫자 공부도 하고 그런다.

드디어 집의 현관문을 따고 신발장에서 잠바와 신발을 벗고 집의 기운을 만끽한다.

우와~ 집이다 하는게 느껴진다.

역시 집이 좋은 가보다.

아빠도 우와 ~ 집이다 한다. 왜냐하면 아이들을 두 손에서 놓을 수 있으니까 말이다. 아이를 안고 있기란 참으로 좋지만 어떤 면에서는 날로 커가는 아이를 계속 안고 있으면 힘들기도 하다. 하지만 안고 있으면 느낄 수 있는 아이의 향기와 숨소리가 계속 안게 하는 마력이 있으니, 아 마력으로부터 어찌 벗어날 꼬.

둘째와 첫째도 집 평상복으로 옷을 갈아 입히고, 아빠도 편한 옷으로 옷을 갈아입는다.

옷을 벗으니 좀 더 편해진다.

이제 다음 미션이 기다리고 있다. 저녁 하기, 두 아이와 함께 저녁을 하려면 어떻게 할까?

16. 엄마의 귀가+저녁 하기

시계를 보니 5시가 약간 넘었다. 엄마도 올 시간이다. 아까 어린이집에 데려가기 전에 엄마를 픽업하기도 하고, 엄마가 버스를 타고 집에 오기도 한다. 이러니 저러니 이제부터는 어른이 두 명, 아이가 두 명이다. 아빠의 부담은 낮아지지만, 혼잡도는 증가한다. 일을 분담을 하려면, 분담을 하는 과정이 있기 때문에 일의 양 면에서는 어찌 보면 편하기도, 일의 과정에서는 어찌 보면 불편하기도 한다.

엄마가 집에 오니 더욱 더 반가워한다. 엄마~~ 엄마가 왔다~~

그림 40 엄마가 저녁에는 돌아와 다시 가족이 모인다.

엄마가 아이들을 안아주니 아이들 얼굴에는 함박웃음이 핀다. 엄마~~ 엄마도 너무 좋아한다.

둘째도 아빠랑 하루 종일 있었는데도 엄마가 그리웠는지 기어가면서+뛰어가면서 안긴다. 엄마가 편한 옷으로 갈아입을 때에도 아이들은 엄마 옆에 주렁주렁 매달려 있다.

엄마의 정리가 끝나고, 드디어, 이제 저녁 준비를 한다.

어떠한 과정으로 요리를 할지 정한다.

- 아이들에게 요리 과정을 체험 시킨다=요리 시간이 길어진다. 정리 시간도 길어진다.

- 어른이 빨리 요리를 한다= 짧은 요리 시간

대부분 후자로 택한다. 어른이 빨리 요리를 하는 편이 배고픈 아이들에게는 득이라고 생각한다. 물론 아이들에게 요리 과정을 체험하게 할 수도 있지만, 대부분의 재료가 생 채소, 생고기, 칼을 사용하는 것이라, 이 과정은 좀더 커서, 초등학교쯤 이면 더 재미있게 할 수 있지 않을 까 생각한다. 두 살짜리 아이에게 요리 체험은 밀가루 반죽하기가 충분할 것 같다. 주말에는 가끔 요리 체험을 진행하기도 한다.

어른이 빨리 요리를 하기 위해서는 집중을 해야 한다. 아이들이 주방에 있으면 집중은 흐트러지니까 여기서 신의 한수를 발휘한다.

바로 TV: 25분짜리 프로그램을 하나 틀어준다.

둘째도 첫째도 소파에 앉아 오늘의 TV 프로그램을 감상한다. 아침 저녁으로 보는 TV이지만 매일 보게 되는지라, 노래도 외우고, 곧잘 따라 부르기도 한다.

그사이 부엌에서는 25분만에 4인분의 요리가 진행된다. 주반찬도 하고, 국도 끓이고, 밥도 그릇에 담아 먹기 좋게 한다. 사이 사이 엄마와 아빠의 담화가 이어지기도 하고, TV를 보는 중간에도 아이들의 요구는 끊임없이 이어진다. 이거 해달라, 저거 해달라. 아빠가 저녁 할 때는 엄마가 시종, 엄마가 저녁 할 때는 아빠가 시종이다. 아이들은 상전.

25분의 제한시간이 임박할 무렵 상을 차리고, 아슬아슬하게 저녁준비를 끝마친다.

"얘들아~밥 먹자~~"

아이들이 식탁으로 달려온다. 맛있는 저녁을 먹으려고 말이다.

둘째는 아기 의자에, 첫째는 그냥 앉는다. 엄마와 아빠는 아이들 밥 먹이기에 우선이다.

밥풀을 던지던 둘째는 시간이 지날수록 혼자 숟가락으로 밥을 먹기 시작하고, 첫째도 혼자 먹을 때도 있고, 스스로 먹을 때도 있다. 먹으면서 좋아하는 반찬을 숟가락에 얹어 주기도 하고, 내려놓기도 하고, 물을 떠다 주기도 하면서 즐거운 저녁식사가 지속된다.

엄마 아빠는 애들이 먹는 사이 간간히 숟가락으로 밥을 먹는다. 아이들이 다 먹고 나면 힘이 나기 때문에, 먹고 나서

당분간은 엄마 아빠를 괴롭히지 않는다. 엄마 아빠 밥 먹을 시간을 주기도 한다. 엄마 아빠는 밥을 차렸지만, 아이들의 식사가 종료되었을 때 먹기도 한다.

아이들이 잘 놀고 있을 무렵, 엄마 아빠의 식사도 종료되고, 정리를 시작한다.

그릇 정리, 식탁 정리로 이어지고 설거지를 시작한다. 어른 중 한 명은 아이들에게 가서, 아이들이 잘 노나, 아이들과 함께 놀기 시작한다.

둘째와 놀 때도 있고, 첫째와 놀 때도 있고, 둘 다 놀 때도 있고, 몸 놀이를 할 때도 있고, 그림을 그릴 때도 있고, 뛰어다닐 때도 있다.

소파에 기어 올라갈 때도 있고, 소파에서 기어 내려올 때도 있다. 숨바꼭질을 할 때도 있고, 무궁화 꽃이 피었습니다를 할 때도 있다. 연극 놀이를 할 수도 있고, 인형극 놀이를 할 수도 있다. 물놀이를 할 수도 있고, 그림 그리기 놀이도 할 때도 있다.

책 읽기, 글자 그리기.. 등. 놀이는 한없이 많다.

저녁을 5시 30분부터 시작을 하고, 저녁을 마치면 6시 30분 정도 된다. 정리하고 나면 7시.. 7시부터 8시까지는 신나는 노는 시간이다.

아빠도 놀고, 엄마도 놀고, 첫째도 놀고, 둘째도 놀고, 모두 모두 가족의 시간을 가지면서 논다.

17. 목욕하기

씻는 시간이 돌아왔다. 둘째가 커감에 따라 씻는 방법도 계속 바뀌어 왔다. 누워만 있을 때, 막 앉을 수 있을 때, 일어설 때, 걸어 다닐 때 모두 목욕 방법이 조금씩 바뀌었다.

둘째가 누워만 있거나, 막 앉을 수 있는 갓난 아기 티를 벗지 못했을 때는 둘째와 첫째를 따로 씻을 수 밖에 없었다. 욕조에 앉힐 수 없기에 물을 받아서 따뜻한 방에서 옷을 벗기고, 갓난 아기 씻기듯이 둘째를 따로 씻었다.

첫째는 아빠 또는 엄마와 샤워, 목욕을 진행할 수 있었다.

첫째는 아빠 또는 엄마를 씻으면서 독차지할 수 있는 귀중한 기회였다.

둘째가 점점 앉아있기 능력을 발휘하면서 따로따로 씻는 기회를 통합할 수 있는 기회가 온다.

바로 목욕 의자가 등장한다. 돌 무렵이었던 것 같다. 아이가 앉기 시작하고 앉아서 노는 것을 시작할 무렵, 목욕 의자가 등장하여, 욕조에 물을 허리 아래로 찰방찰방하는 수준으로 채워놓고, 목욕 의자와 아이를 놓는 것이다. 둘째는 물놀이 한다며 꽤나 신기한 표정을 지으며 반신욕을 시작하였다. 그 옆에 한 켠에서는 아빠와 첫째가 씻게 되는 것이다. 허리를 요리조리 움직이며 아이가 의자에서 빠지는 경우도 있었지만, 그때마다 아이를 똑바로 앉혀주고 첫째를 다시 씻기기 시작하였다.

목욕 의자도 아이를 완벽하게 잡아주는 것이 아니라서 아이
가 빠져나갈 틈새는 얼마든지 있다. 아직 앉기 시작한지 얼
마 되지 않았으면 넘어질 수 도 있으니 조심하는 것이 좋다.
잠시나마 같이 목욕을 하고, 다같이 목욕을 시작한다는 데
의의가 있다고 생각한다.

**그림 41 첫째와 둘째와 같이 목욕한다.. 둘째는 목욕의자에
앉아서!**

둘째가 점점 커갈수록 목욕 방법도 단순화되고, 용이해진다.

샤워로 씻는 날이면, 어른 한 명이 씻고 있고 한 명씩 차례
차례 씻어도 된다. 아이가 욕실에서 차례차례 나오면 다른
어른 한 명이 물기를 닦아주고, 로션도 발라주고, 옷도 입혀
준다.

조그마한 욕조가 있으면, 본인은 꼬마 목욕이라고 부른다.
조그마한 아기 욕조에 아이가 두 명이 들어가더라. 첫째와

둘째 모두 아기욕조에서 앉아 있으라고 하고 한 명씩 밖에 나와 씻을 수도 있다. 이때는 어른 한 명이 아이 두 명을 한꺼번에 씻길 수 있다.

큰 욕조에서 씻는 날은 아주 신이 나는 날이다. 물도 많이 받아 놓고, 물놀이도 신나게 할 수 있는 기회이기 때문이다. 물을 아주 많이 받으면 둘째가 빠질 수 있으니, 아이가 반신욕을 하는 수준으로 낮은 수위로 진행한다. 아이가 커갈수록 넘어지는 일이 줄어드니, 그만큼 수위도 점점 올라간다. 큰 목욕을 하는 날이면 창문을 커튼으로 모두 가리고, 모두 벌거벗은 상태로 씻는 것이 편하더라. 어차피 한꺼번에 나가고, 한꺼번에 나오는 경우가 있기 때문에. 마음도 편하다.

몸도 깨끗해지고, 마음도 신선해지는 기분이랄까?

목욕을 하고 나면 아이들도 개운해 하는 것이 느껴진다. 목욕물에는 땟국물이 동동 떠다니고, 비누도 많이 짜서 비누 놀이도 많이 하면 아이들이 신나게 논다.

Tip: 샤워나 목욕을 할 때 환풍기를 끄면, 욕실이 더 빨리 따뜻해진다. 환풍기를 꺼놓은 상태에서 목욕을 진행해야 화장실이 춥지 않다.

그리고 큰 목욕을 할 때 가끔 거품 목욕을 시켜주면, 너무너무 좋다. 피부도 좋아지고, 거품 놀이도 하고. 거품이 서서히 없어지면 목욕 시간도 서서히 종료되는 시간이다. 아쉬움을 뒤로하고, 한 명 한 명 깨끗한 물로 씻고 화장실 밖으로 나간다. 수건을 씌워주고 밖으로 내보내고, 다음 아이도 씻고, 수건을 씌워주고, 밖으로 내보내고. 마지막으로 어른이 나가고, 아이들이 추우니까 얼른 물기를 닦아내고 로션을 발라주고, 옷을 입혀준다. 어른이 두 명이면, 한 명씩 잡고 할 텐데, 어른이 한명인 날도 있다. 이때는 집안도 미리 따뜻하게 덥혀내고, 목욕을 진행하면 마음이 한결 편하다. 어른이 한 명이면 어쩔 수 없이 차례차례 옷을 입힌다.

머리도 말려줘야 한다. 긴 머리에 묻어 있는 물기를 수건으로 대충 한번 닦아주고, 윙 소리 나는 드라이어로 머리를 말려준다. 머리를 완벽히 말리고 싶지만 이건 항상 어른의 욕심이다. 아이가 가만히 있지 않는다.

5분의 3 또는 7분의 4 정도 머리를 말린다고 생각한다.

웃으면서 도망가는 아이를 어떻게 잡을 지 생각하면 내 머리만 아프다.

아이들이 목욕을 하고 나면 기분이 좋아져서 또 혼자 놀기 시작한다.

아이들이 놀기에 집중할 때 화장실 정리를 금방 한다.

빨래는 세탁기에 넣고, 환풍기도 다시 켜고. 아빠도 옷을 입기 시작한다.

18. 물걸레질하기

물걸레질이야 말로 마루바닥을 사용하는 집에게 큰 선물이다. 사람들이 바닥을 깨끗하게 닦아주니, 집의 바닥이 얼마나 좋아하겠는가?

그림 42 걸레질은 숙제다.. 누가 좀 해결해줬으면..

사람이 매일매일 깨끗하게 닦아줘야, 집을 기어 다니는 아기들도 좋아하고, 집에서 뛰어다니는 첫째도 좋아하고. 바닥을 깨끗하게 닦아주는 아빠는 흠..

걸레질의 일은 다음과 같다.

1. 물건을 치운다. 정리하자~ 하고 아이들에게 인지시켜 준 후, 정리를 한다. 와중에 계속 어지르지만 말이다.

2. 걸레에 물을 묻힌다.

3. 걸레를 손으로 잡거나, 밀대에 고정시켜, 걸레질을 시작한다. 이 도중에 바닥에 있는 먼지와 머리카락들이 걸레에 달라붙는다.

4. 걸레질이 끝나면 걸레를 빨아야 한다. 물을 대야나 바가지에 받아서 손에 물을 묻혀 가면서 먼지를 털고 탈탈탈 빤다. 비누질도 해서 소독도 한다. 빠는 것이 끝나면 꼭 쥐어 짠다. 물기를 빼고, 널어놓는다.

가장 귀찮은 작업은 무엇일까? 본인 생각에는 4번이라고 생각했다.

그것은 바로 걸레를 재활용하는 과정이다. 일회용 걸레를 사용하면, 가장 귀찮은 4번 과정을 아주 간단하게 해결할 수 있다. 바로 쓰레기통에 넣어 버림으로써 말이다. 하지만 환경을 생각해야 하고, 일회용 걸레에 들어가는 비용은 만만치 않다. 생각해보면 다른 물건의 재활용과정도 다시 재생시키는 과정이 가장 귀찮은 것 같다. 유리병을 예를 들면, 유리 병안에 있는 음식을 먹는 과정은 재미있으나, 막상 유리병 안에 있는 음식물찌꺼기를 닦는 것이 생각보다 귀찮은 것처럼 말이다.

때문에, 며칠밤을 고민하여, 4번 과정을 보다 손쉽게 할 수 있는 아이템을 검색하고 또 검색하였다.

걸레에 붙은 먼지를 쉽게 떨어낼 수 있으며, 걸레가 품고 있는 물기를 손쉽게 쥐어 짤 수 있는 도구를 누가 만들어 놓았나 확인해보니, 역시, 사람은 물건을 만드는 인류다. 누군가 만들어 놓은 것이다.

당장 구매 버튼을 누르고, 지구의 환경을 살리는 일, 내 통장에 있는 돈을 절약하는 일에 동참하였다. 이 도구를 구매한 이후에는 걸레질이 마냥 즐겁게 느껴졌다.

무선 로봇 물걸레 청소기를 구매할 수도 있었으나, 무선 로봇진공청소기가 이미 한 대 있었기 때문에, 불필요하였다기보다, 한집에 로보트가 늘어나는 것이 뭔가 찜찜하였다. 설치할 공간도 마땅치 않았고, 무선로봇물걸레 청소기 또한 걸레를 빨아줘야 하는 번거로움이 있었기 때문이다. 귀찮으면 혼자 바닥을 닦아주는 것마저 귀찮게 느껴 졌을 수도 있다.

19. 이불 깔기 & 밤잠 자기

뽀독뽀독한 방바닥이 준비가 되었으면 이불을 깔아줘서 잘 시간이 오고 있다는 것을 알려준다. 이불을 깔기 전에 두꺼운 이불에서 한판 놀아준다.

그림 43 신나는 자는 시간으로 만들어준다.

푹신푹신한 이불은 언제나 놀기 좋은 장난감이다.

깔기 전의 이불, 깔고 난 후의 이불 모두 푹신푹신해서 아이들에게 신세계다.

이불 그네도 태워주고, 이불로 김밥도 말아주고, 둘째도 첫째 해주는 것 다시 해 달라고 한다. 아직 말도 못하면서 따라하고 싶다는 의지 표명은 금방 알아차릴 수 있다.

자기 전에 많이 놀아주면 잠이 달아난다는 육아 멘토의 조언이 있지만, 이렇게 좋아하는데, 더 신나게 한번 더 놀아준다. 푹신 하니까 푹신한 곳에서 할 수 있는 놀이를 해도 되고, 약간 어두운 조명을 이용한 놀이, 놀 수 있는 방법은 아이들은 쉽게 더 찾아낸다.

땀을 한판 흘릴 정도로 신나게 한번 놀아준다.

그리고 이제 잘 시간이다

자장자장 노래를 불러줘도 잠을 자지 않는다.

깜깜한 방에서 아이들이 옹알이를 한다.

둘째는 울다가 자기도 하고, 물 마시자고 신호를 주기도 한다.

첫째는 이야기 해달라고 떼쓰고, 둘째는 계속 안아달라고 하기도 한다.

잠은 언제 자나~

수면 교육을 하면 잠을 잘 잔다는데, 우리가족은 그냥 되는 대로 하기로 합의를 봤다.

세월아 네 월아 하면서, 엄마 아빠가 먼저 졸음이 온다.

아이들도 엄마 아빠가 자는 것을 확인하면 자는지, 깜빡 졸다 일어나면 아이들이 자고 있다.

아이들이 피곤하면, 아이들이 먼저 잘 때도 있다.

누가 먼저 자는지 시합을 한다고 생각할 때도 있지만, 아이들이 일찍 자면 엄마 아빠는 환호성을 지른다. (속으로)

잠은 어떻게 자는 것인지 알려주고 싶지만, 계속 놀고 싶은 아이들의 마음속을 어떻게 달래줘야 할지는 아무도 가르쳐 주지 않는 것 같다. 불을 끄고 울릴 수도 있지만, 아이들이 계속 노는 것도 보고싶은 것도 부모 마음인 것 같다.

아이들이 지쳐서 누워서 잘 때까지 놀려야 하는 것인가. 9시부터 시작하여, 10시에 잠드는 것을 목표로 항상 계획을 세우지만, 11시가 될 때도 있고, 9시 10분이 될 때도 있었다. 엄마 아빠가 아무리 신나게 놀아줘도 자는 시간은 정말로 조절하기가 어려운 항목이었다.

우리 가족은 이불을 깔고, 네 가족 구성원이 모두 같이 잠자리에 든다. 둘째가 더 어렸을 때는, 첫째와 아빠가 같이 자고, 둘째와 엄마가 같이 잤다. 밤중 수유를 지속해서, 계속해서 울어서, 첫째가 깨기 때문에 따로 잘 수 밖에 없었다. 밤중 수유의 횟수를 줄일 무렵 같이 자기 시작했다. 처음에는 좀 어색했지만, 금방 적응하여 같이 자는 것을 확인하였고, 첫째와 둘째가 같이 잔다는 것을 인식시켜 주었다.

하지만 밤중 수유를 줄이기는 쉽지 않았다.

20. 신생아에서 아기꼬마로 넘어가는 둘째의 잠자기

둘째가 밤중 수유를 지속적으로 하고 있을 때는 울면서 일어나, 엄마 찌찌를 찾았다. 하지만 엄마는 아침에 회사를 가야 하고, 밤중 수유를 하면 너무나 피곤해 했기 때문에, 어느 순간 횟수를 감소시켜야 했다.

특단의 조치를 취했다. 둘째가 깨어나 울면, 아빠가 둘째를 데리고 다른 방으로 이동하여 거기서 자는 것이다.

드디어 실행 첫날, 둘째가 깨어나 울기 시작했다. 아빠가 둘째를 데리고 다른 방으로 데리고 가니, 둘째가 이게 뭔 일이네, 하고 두리번 거린다. 그리고 엄마 찌찌가 없으니, 마구 운다.

아빠는 이런 둘째를 데리고 자야 한다. 마무 마구 운다. 안고 있어야 한다.

아니면 눕혀 놓고, 울려야 한다.

울다가 잔다.

글로는 간단하게 5글자다. 울다가 잔다.

우는 과정이 꽤 길다. 처음엔 마구 울다가 상황을 파악하면, 조금씩 울고, 그 다음엔, 밤이라서 자는 척하는 것 같다. 그러다가 다시 운다.

이러기를 몇 번 하다가. 엄마가 하도 우는 소리를 듣다가 둘째를 안아준 적도 있다. 그러면 모유 밤중 수유를 하고 배가 불러서 잔다.

불쌍하기도 하고 안쓰럽기도 하고, (엄마가? 둘째가?)

나도 잠을 잘 못 자고.

이런 패턴은 둘째가 단유를 하고 잠을 그나마 잘 자기 시작하면서 좀 개선이 되었다.

엄마도 새벽잠을 설치고, 아빠도 새벽잠을 설치고, 둘째도 새벽잠을 설치고, 첫째만이 온전히 잠을 잔다.

그림 44 아빠는 잠을 진짜 잘잔다. 생존하기 위해?

해가 짧은 여름에 이러한 밤중 울음이 계속되었다. 가을이 되고, 겨울이 되면서 긴 밤을 온전히 자는 것 같다. 아직도 밤에 깨서 울면서 물을 찾기도 하지만, 아빠랑 마시자고 하면 더 운다. 물은 왜인지 엄마 랑만 마시는 둘째이다.

그래서 아빠는 그냥 계속 잔다.

이런 속설인지, 정설인지, 아기 울음 소리는 엄마들이 더 잘 듣는다고 한다. 아빠는 왜인지 아기 울음소리가 잘 들리지 않는다. 왜 그런지 아직 잘 모르겠다.

찌찌와 이별

자, 이제 밤중 수유는 그만이야..
오늘밤은 찌찌없이 아빠랑 자렴.

아빠랑 같이
이불덮고 자렴~

싸늘한 밤에 이불은 아빠에게만....

으앙~ 찌지도 못먹고 감기도 걸리고...

그림 45 둘째가 아빠랑 잘 때도 있었는데, 아빠랑 자고 나서 감기에 걸렸다. 아빠만 이불을 덮어서. 우리 둘째는 아빠를 뭐라고 생각했을까? 찌찌도 못 먹게 하고, 감기도 걸리게 하고. 나중에 커서 이 장면을 보면. 나에게 무슨 말을 할까?

21. 하루를 마치며

새벽 2~3 시에 둘째를 안고 있을 여름이면, 이게 하루를
마감하는 것인지, 하루를 시작하는 것인지 잘 모를 때 가
있다. 몇시간 뒤면 일어나서, 첫째를 어린이집에 동원시켜야
하는데, 둘째는, 울기만 하고, 뭔가 다람쥐 쳇바퀴 안에서
빙글빙글 돌아가는 것 같은 느낌을 지울 수 가 없다.

그림 46 내일은 해가 뜬다~ 내일은 해가 뜬다.

191

통잠을 자야 아빠가 밤에 딴 짓이라도 하지, 둘째가 계속 밤에 우니, 아빠가 낮에 잘 못 놀아줬나, 밥을 조금 줬나, 죄책감에 시달리기도 한다.

밤에 딴짓을 시작하면 둘째가 울기 시작하니, 뭔가 할 수도 없다.

하지만 내일의 태양은 어김없이 뜨는 법. 해가 뜨면 아빠도 눈을 뜨기 전에, 아이들이 먼저 눈을 뜬다. 아빠가 있어야 쉬도 하고, 맛있는 것도 먹고,

놀아주고, 아침도 먹고.

다시 하루의 시작이다.

하루를 마치는 것도 없이 하루의 시작이다.

모든 아이가 통잠을 잘 때까지 하루를 마치는 것은 잠시 미루도록 해보자.

자는 시간

자~ 자자~ 자는 시간이다~ 쿨쿨 자자~

자는 시간 5분후~

아이들아 얼른 자라~

아이들이 모두 엄마에게
붙어서 자는구나~
허허허~

그림 47 취침 시간: 자는 시간에는 왜인지 모르겠지만 아이
들은 꼭 엄마에게 붙어 잔다. 엄마에게 꿀을 발라 놓은 듯
하다. 아빠에게는 왜 꿀이 안나오지?

아빠의 행복

크아~ 오늘도 무사히
하루를 보냈다!!

냉장고에서 Beer를 마시자~

다음날

아빠 이게 뭐야~?

아빠의 행복이야.

그림 48 하루를 마치며: 모두가 자고 있는 하루를 마칠 때는 역시 맥주이다. 맥주가 없었으면, 육아휴직을 어떻게 버티고 넘어갔을까? 역시 Beer는 최고이다.

4. 버킷리스트

육아휴직을 하면 꼭 해야지 했던 것들이다. 직장에 다니면 휴직을 한 상태보다 상대적으로 시간 여유가 없기 때문에 시간 여유를 즐기면서 아이와 꼭 해야 하는 것들을 생각해 보고, 실행에 옮긴 경험을 공유해보고자 한다.

1. 아기와 산행

왜인지 모르겠지만 꼭 아이와 산행을 해보고 싶다는 생각이 있었다. 정확히 언제부터인지 모르겠지만, 이런 생각을 가진 것은 대학원 때 산악동호회를 하면서 위와 같은 사진을 봤을 때부터 인 것 같다. 어린 아이를 등에 없고 가까운 산의 정상에 올라가보자 라는 막연한 로망이 있었다.

첫째 때는 워낙 경황이 없어서, 그리고, 직장에 다니면서 주중 저녁, 주말에만 같이 있었기 때문에 아이와 함께 산에 간다는 생각 자체를 해보지는 못했다. 첫째 때는 정말 기억이 나지 않는다. 어떻게 첫째가 컸는지 말이다. 어떤 놀이를 하고 주말에 놀았는지, 무엇인가 기억에 남을 만할 일을 해줬는지, 지금 생각하면 좀 안타깝다.

상대적으로 시간이 여유가 있던 휴직 중, 갑자기 떠올랐다. 아이와 산에 가야겠다.

그래서 먼저 계획을 세웠다.

사진 속에 있는 저 가방을 사기로 말이다. 젊은 사람들이 잘하는 인터넷을 통해서 사용되지 않은 물품의 가격과 중고 가격의 물품을 비교해보았다. 제품을 알아보니, 일시적으로 국내 출시가 되어, 재고 물품이 없었다. 가격은 생각보다 비쌌다. 사람들이 많이 찾는 중고물품거래 사이트에 가보니, 내가 원하는 가격대의 중고 가방이 많이 매물로 나온 것을 확인할 수 있었다. 중고 물품이 많은 이유는 다음과 같이 생각할 수 있다.

그림 49 가자! 아이와 함께 산으로 가자!

먼저, 육아용품이다. 육아 용품의 사용 기한은 어른들이 사용하는 물건들 보다. 상대적으로 짧다. 왜냐하면 아이가 단

시간에 급성장을 하기 때문이다. 저 어부바 배낭(본인이 작명함) 또한 수명 기한이 정해져 있다. 아이의 체격과 몸무게로써 말이다. 아이가 너무 작아도 안되고, 아이가 너무 커도 안되는 시기에 딱 저 어부바 배낭을 이용하여 아이와 산행을 할 수 있다.

너무 어린 신생아 급 아이는 허리 힘이 없고, 너무 커버리면 아빠가 허리가 휘어 버리니, 8~11kg 사이의 아이가 딱 사용하기 좋다. 오늘도 평화로운 중고 물품거래 사이트에서 물건을 바로 구매하였다.

내일 택배로 온다.

시간은 빨리 지나가, 내일이 오늘이 되고, 어부바 배낭을 손에 얻을 수 있게 되었다.

아이와 함께 택배 상자를 뜯는다.

아이에게 앉아보라고 시도 한다. 다리를 끼우고, 안전 벨트를 체결하고, 아이를 등에 업고 집을 한바퀴 돌아준다.

아이가 너무 좋아해준다. 이거면 어디든지 갈 수 있는 힘이 생길 것 같다.

배낭의 무게도 있지만 효과적으로 아이의 무게를 분산해줘, 아이를 업을 때 안정적으로, 그리고, 아이가 흘러내리지 않는 다는 매우 큰 장점이 있다. 처음에는 아이가 익숙하지 않아, 금방 내려달라고 한다.

이제 또다른 계획을 세운다.

본인 또한 무리하게 산에 가면 큰일이 나니, 뒷산 먼저 정복하기로 말이다. 지도로 뒷산 코스를 머릿속으로 정복을 하고,

어느 더운 여름이 다가오는 날, 드디어, 젊었을 때부터, 꿈꿔왔던, 아이와 산행을 시작하는 첫날이다.

첫째를 어린이집에 등원 시키고, 집에서 온갖 집안일을 미리 다 해놓는다. 그리고 아이와 자유시간을 가질 무렵, 아이에게 말해준다.

둘째야, 우리 밖에 나가서 놀자~ 어부바 배낭 매고 한바퀴 돌다 오자~

여름이 다가오는 중이었으며, 아이의 옷은 상대적으로 얇게 입혀도 되고, 아이가 밥도 많이 먹었고, 오직 필요한 것은 물과 약간의 간식이다. 아빠도 반팔과 반바지를 입고, 가방을 준비한다. 가방이 뭔가 화려하니 아이가 와서 안전벨트를 체결했다가, 풀었다가 익숙하게 만들어주고, 아이를 가방에 앉힌다. 아빠가 업어주니, 아이의 시야는 끝없이 올라가서, 서울 구경을 하는 시야를 가진다. 그리고 대문을 나선다.

뒷산은 약 40분 코스이다. 올라가는데, 25분 정도, 내려오는데, 15분 정도 걸리는, 그야말로 뒷산이다.

사실 뒷산에 한번도 가본적은 없었다. 첫째 때는 이런 상상을 하지도 못했고, 혼자 있는 주말도 없었고, 아이들이 독립

도 하지 않았기 때문에, 혼자 산에 갈 일은 없었다.

아이와 아빠의 뒷산 산행이 시작되었다. 코로 들어오는 풀 내음, 발에서 느껴지는 돌과 풀 소리, 윙윙 날아다니는 벌레 소리가 오감을 자극한다. 뒷산에 들어가기 전까지는 자동차 소리와 사람 지나가는 소리였지만, 산에 들어가자마자, 소리 부터 바뀐다.

한걸음 한걸음 산에 올라가니, 뭔가, 아이도 두리번거린다. 자연이 좋은 건지, 산에 와서 좋은 건지, 익숙하지 않아서 쳐다보는 건지, 기분이 좋은지 두리번 두리번 거린다. 울지 는 않는다. 아빠가 업고 있다는 안정감 때문이라고 나는 생 각하는데, 잘 모르겠다.

아빠도 산에 와서 좋지만, 10kg 의 아이와 2kg 이상의 어부 바배낭을 같이 등에 업고 있으니, 살살 부담이 된다. 내가 왜 이걸 한다고 했을까, 빨리 올라 가야지 생각이 들기도 한다.

오르막길을 오르니, 땀이 나기 시작한다. 호흡도 가빠지고, 심장 박동도 커진다. 유산소+근력 운동을 할 수 있는 절호 의 기회가 생긴 것이다. 땀이 버럭 나니, 집안에만 있다가 산에 오니 너무 너무 좋다고 느꼈다.

아이에게 자연을 설명해 주면서 산에 오른다. 옆에서 보면, 혼자 중얼거리면서 올라가는 아빠의모습을 볼 수 있었을 것 이다. 하지만, 남들이 다 일하는 시간에 산에 오르기 때문에, 주변에는 아무도 없다.

목표했던 정상에 오르는 순간, 정말 긴 산행이었다고 느꼈다. 아이가 아직 걷지 못했기 때문에, 잠시 배낭에서 내려서 안아준다. 바닥은 산과 돌과 흙으로 이루어져 있어서 내려 놓으면 안되기 때문에, 안고 있는 상태에서 간식을 챙겨준다. 간식을 먹고, 다시 배낭으로 아이를 앉힌다.

아빠는 아이를 등에 없고, 자연에서 도시로 돌아온다. 뜨거운 아스팔트 열기가 나를 반긴다.

땀은 옷을 흠뻑 적시고, 집에 오자마자, 샤워 실로 아이와 함께 간다. 아빠 혼자 샤워하면 안되니까 아빠가 샤워하면서 아이도 작은 욕조에 앉힌 다음 씻기 시작한다.

아빠랑 아이랑 씻은 다음, 로션도 바르고, 머리도 말리고, 옷도 입히면, 금세, 첫째를 데리러 가야 할 시간이 온다. 뭔가 득템한 기분이다. 물질적으로 얻은 것은 없지만, 기분이 좋았다.

아빠의 허벅지는 불이 탄다. 안하던 산행을 아이와 함께해서 좀 무리가 되었지만, 가벼운 뒷산 코스라서, 그렇게 부담이 되는 편은 아니었다. 다음 산행을 기약하며, 뒷산을 마스터 하기로 한다.

그 이후로 뒷산 공략은 계속 이어졌다.

흐린 날, 맑은 날 뒷산의 봉우리를 하나 둘 정복하였고, 코스가 익숙해질 무렵, 꿈을 이루기로 작정을 하였다.

여름에 들어가면서 산행을 시작하였고, 여름이 끝날 무렵,

뒷산을 정복하였다.

가을로 들어가는 어느 날, 날씨가 오락가락 하기 시작한다. 찬바람이 불어오기도 하고, 해도 짧아지기 시작했다.

이런 큰 꿈을 이루려면 쇠뿔도 단김에 빼 듯, 계획적이면 안될 것 같았다. "내일 가야지"가 아니고, "오늘 가볼까" 로 바뀌어야 한다.

등산화와 어부바 배낭을 자동차 트렁크에 미리 쟁여 놓는다. 간단한 간식도 배낭에 미리 넣어놓고, 날씨 좋은 날만 기다리는 날이 이어졌다.

그리고, 가을이 되고 있던 어느 날, 첫째를 어린이집에 등원 시키고, 자동차 핸들을 잡고, 김밥 집으로 향했다. 아기 김밥을 만들어주는 김밥 집으로 가서 도시락을 마련한다. 아빠 김밥, 아이 김밥을 마련하고, 목적지를 계룡산으로 설정하여, 이동하기 시작했다.

주차장에서 아빠 옷을 갈아입고, 배낭을 준비한다. 아이에게 이야기 한다. 오늘은 산에 가는데, 조금 오래 걸릴 거다. 아이는 어떤 일이 벌어지는지, 잘 모르지만 알았다고 한다. 아빠가 더 긴장을 한다. 과연 무사히, 다치지 않고, 아이도 울지 않고, 갈 수 있을지,

목표는 계룡산 관음봉 가는 길에, 은선폭포.

은선폭포까지는 평지 길이 20분, 산길이 40분 걸리는 코스다. 아빠가 긴장한 걸음으로 평지 길을 마치고, 산길을 등정

하기 시작했다. 은선폭포까지는 비교적 완만한 길이지만 돌이 많아 미끄러지지 않도록, 조심해야 한다.

중간에 계단도 많아서, 비교적 안전하게 갈 수 있다.

뒷산에는 없는 사람들이 국립공원 산에는 꽤 많다. 중간중간 인사하는 사람들이 신기하게 쳐다 본다. 아이도 사람 구경은 좋아하는 듯 하다.

어부바 배낭에 아이를 앉히고, 아빠가 이동하면, 사람들은 아빠를 안보고, 아이만 본다. 그래서 부끄럼없이 산행을 할 수 있다. 사람들은 아이에게 인사하고, 답례는 아빠가 한다.

중간중간 간식을 나누어주는 사람도 있지만, 아이는 조금 아빠가 많이 먹는다.

은선 폭포에 도착하여, 잠시 쉰다. 40분 걸렸지만, 왠지 아쉽다. 40분만 더 올라가면 정상이다.

잠시 물을 들이키고, 배낭을 재정비한다. 은선폭포에서 관음봉도 40분 걸리는 길이지만, 산의 기울기가 험해지고, 돌도 많아 상대적으로 어려운 길이다. 산길을 올라가면서 아이가 보채기도 한다. 핸드폰으로 노래를 틀어주고, 여러가지 이야기도 해준다. 지루한지, 배낭에서 자기도 한다. 뒷산 정복 중에도 아이가 잔 적이 많아, 그런가 보다 하고, 자는 사이에 정상에 도착할 수 있도록 발걸음을 재촉한다.

산에 설치된 계단에 한걸음 한걸음 발을 옮기면서 생각이 든다.

아 내가 왜 이걸 한다고 했을까,

허벅지가 터질려고 한다. 중력으로 인해 아래로 내려가려는 배낭과 아이, 아빠의 허벅지와 허리가 그 무게를 버티고 있다. 뉴턴의 사과가 얄밉다. 전자기력으로 중력을 이겨내고 싶다.

하지만 그런 전자기력 따위 없다. 흘러 내리는 건 땀방울과 뒤에서 자고 있는 아이의 침방울. 내 침방울과 콧물도 같이 떨어진다.

숨을 지속적으로 들이킨다.

푸하 푸하 푸하.

나무가 점점 없어지면서 능선에 가까워지기 시작한다.

심장은 항상 긴장 상태다. 안전이 최우선이다. 한걸음 한걸음이 신중하다. 이제 신중함은 배고픔으로 바뀐다. 정상에 있는 정자에 가서 김밥을 먹어야지, 아이도 배가 고플 것이다. 점심시간에 약간 지났기 때문이다.

숨소리와 물방울들이 교차하고 있는 그 순간 정상에 도착했다.

정상에 올라왔다는 생각보다, 소원 하나를 이루었다는 생각이 더 앞섰다. 아이에게, 우리가 정상에 왔다고 알려준다. 아이는 심드렁하다. 내가 왜 올라왔는지, 뭔가 모르는 눈치다. 뒷산 정상에서 이야기 한 국립공원 정상에 올라왔다고 알려준다.

그림 50 계룡산 관음봉에서 둘째와 함께.

정상에 있는 다른 등산객들에게 사진을 부탁하여 대충 사진을 찍고, 정상에 있는 정자로 가서 김밥을 열어 밥을 먹기 시작한다. 나도 배고프고, 아이도 배고프다. 배고프니 김밥이 꿀맛이다. 눈깜짝할 사이에 김밥이 없어진다. 아이가 밥을 먹지 않으면, 국립공원 정상에서 밥을 먹이는 것도 방법이겠다.

물도 꿀꺽꿀꺽 마시고, 정상 경치를 잠시 구경한다. 정상이라 바람이 차갑게 먼저 느껴진다. 혼자 였으면, 잠시 눈도 붙이고, 약간의 시간을 할애하여 정상을 느꼈을 테지만, 아이와 함께이기 때문에, 이런 여유가 없다.

바로, 배낭을 정비하고, 몸도 재정비하여, 내려갈 준비를 한다.

내려가는 것은 중력을 이용하여, 좀더 빨리 내려갈 수 있지만, 오르막길에 대부분의 힘을 사용한 허벅지가, 내리막길에서 힘을 써줘야 한다. 한발한발 신중하게 내려간다. 발목 염좌, 무릎 염좌를 조심해야 한다. 중심을 잃지 않도록 아이가 쏟아지지 않도록 내려가야 한다.

아이에게 이야기한다. 이제 집에 간다고. 아이가 무엇을 느꼈는지 잘 모르겠다. 내려오는 길은 언제나 올라가는 길보다 짧게 느껴진다.

내려오는 길에 배가 부른 건지, 지루했던 건지, 또 고개를 한쪽으로 치우쳐 잠을 자기 시작한다. 아이가 편히 잘 수 있도록 자세를 바로 잡고, 자고 있는 사이에 발걸음을 재촉하여, 집으로 향한다.

내려오는 건 언제나 순식간이다. 꽤 오랜 시간 내려왔지만, 빨리 내려온 것 같다.

차로 돌아와 물을 다시 들이키고, 카시트에 아이를 태우고 집으로 간다.

집에 오자마자 해야 할 일은 샤워와 목욕. 신나게 따뜻한 물을 틀고, 비누 놀이를 하면서 땀을 씻어낸다. 언제 산에 다녀왔는지, 익숙한 집에서 물놀이를 하면서 안정을 되찾는다. 다치지 않고, 무사히 다녀왔다.

첫째와 엄마가 모두 집에 오고, 오늘 있었던 일을 이야기해준다.

엄마가 한 소리 한다. 엄마가 둘째에게 오늘 무슨 일 있었냐고 물어보니, 말도 못하면서 옹알이로 평소와는 다르게 꽤 길게 대답한다. 자기도 뭔가 느낀 바가 있나 보다.

아빠는 그날 밤 육아휴직 중, 최고로 잠을 잘 잤다.

다음날 병원에 가서, 근육이완제, 소염진통제를 처방받아, 몸을 빨리 회복시킨다.

아이와 무엇인가를 함께 한다는 것은 그만큼 재미가 있다. 게임도 혼자 하는 것보다 같이 하면 더 재미있는 것처럼 말이다. 지금은 플스를 같이 못하지만, 배그를 같이 못하지만, 나중에는 같이 하면 더 재미있을 것이다. 지금은 아빠가 세상을 보여주는 역할이다. 최대한 여러 경험을 시켜주고 싶지만, 여러 제약이 있다. 설악산, 한라산도 가고 싶고, 알프스도 가고 싶고, 에베레스트도 같이 가고 싶지만, 나중을 기약하여야 할 것이다.

가을입구에서 계룡산 정상을 느꼈지만, 아빠의 몸이 원래대로 돌아올 무렵은 가을로 완전히 들어와 낙엽이 떨어지기 시작하고, 찬바람이 불어, 긴 팔과 긴 바지를 입게 되었다. 아이와의 산행은 차가운 날씨로 인해 더이상은 진행하지 못하였다. 아빠는 산행을 하면 몸이 따뜻해지지만, 아이는 가만히 있기 때문에, 아무래도 더이상은 무리라고 판단했다.

아빠는 중고거래소에 어부바 배낭을 매물로 올린다.

어떤 아빠가, 아이에게 새로운 경험을 선물해줄지.

어부바 배낭은, 금세 팔렸다.

육아휴직 생활은 가을부터는 단조로운 하루로 다시 개편되어 육아휴직이 이어지게 되었다.

2. 자전거 타고 가기

자전거를 취미로 가지고 있던 나에게 다가온 것은 아이와 함께 자전거를 타는 것이 꿈이었다. .

그림 51 자전거 Trailer의 적절한 상상도

이 꿈은 왠지 실현해야 겠다는 생각이 앞섰다. 어린이집에 가는 길은 언제나 재미있다. 아이와 함께 하기 때문이다. 하루하루가 다르다. 차를 타고 가면, 지나가는 차가 주로 보인다. 넓은 차도에 여러 자동차.

육아휴직 전에는 자전거를 타고 직장으로 출퇴근했다. 그러다가 육아휴직을 하게 되니, 직장 근처에 직장어린이집으로

차를 타고 출퇴근 한다. 자전거를 타고 가면 금방 이기도 하지만, 차를 타고 가니, 더 금방이라 찐맛이 없는 것 같다. 아이들과 자전거를 타고 가면 나도 재미있고, 아이들도 재미있을 텐데.

첫째와 둘째를 모두 데리고 자전거를 타고 등원할 방법이 없을까 하고 생각했다.

계획을 세워본다.

자전거는 이미 있다.

아이를 두 명 태울 수 있는 장치가 있을까? 생각하니, 다른 사람들이 다 만들어 놓았다. 바로 자전거 Trailer.

이래저래 찾아보니 헬멧을 써야 하고, 적당히 큰 Trailer를 준비해야 만했다.

둘째가 14개월이었으나, 아직 걷지 못하고, 앉기를 한지 얼마 안되었다. Trailer에 앉혀 놓으면 등을 기대고 스르르 미끄러져 제대로 앉기나 할까 걱정이 앞섰다. 하지만, 아빠는 걱정이 앞서기 전에 행동을 먼저 했다.

중고물품 거래소에서 상태 좋은 트레일러를 찾은 지 일주일, 부피가 있어 직거래를 해야 했다. 아이를 어린이집에 보내고 낮 시간에, 직거래 약속을 하고, 기다렸다.

약속시간 30분 전, 둘째를 카시트에 태우고, 자동차를 운전하며 직거래 장소로 드라이브를 한다.

부릉 부릉 부르릉.

직거래에서 만난 아저씨는 인상이 좋으신 아저씨였다. 아이가 다 커서 더 이상 Trailer를 사용하지 않는다고 했다.

나는 아기띠에 둘째를 안고 있어서, 아저씨께서, 본인의 차에 친절하게 Trailer를 옮겨 실어 주셨다. 분해 조립 방법까지 친절하게 알려주셨다. 쿨거래로 기분 좋게 나의 소원을 이룰 일만 남았다.

집에 와서 부인에게 이러이러한 일이 있었다고 말하니, 역시, 둘째의 Trailer 착좌 상태를 걱정하더라. 하지만 아빠가 하고 싶은걸 어쩌랴. 여러 정보를 찾아보니, 등받이를 잘 대서 쓰러지지 않도록 할 뿐이다.

유아용 헬멧, 영아용 헬멧이 국내에서 잘 팔지 않아서 직구로 모두 구매했다.

헬멧도 오고, Trailer도 준비되고, 이제 할 일은 Trailer와 아빠 자전거로 어린이집 등원을 하는 일 뿐이다.

어린이집을 등원하기 전에 첫째만 먼저 데리고 Trailer를 태워봤다. 물통도 준비하고 헬멧도 준비하고, 적당한 나들이옷을 입힌 다음, 자전거와 Trailer를 준비하여, 동네 마실을 한바퀴 돌기로 했다.

아이는 앉자마자, 자기가 편한 곳에 앉아있는지 살핀다. 요리 조리 살펴서 Trailer안에 뭐가 있는지 살펴본다. 물건을 넣을 주머니, Trailer 뒤편에 있는 짐 넣는 공간 등을 확인한다. 물병을 하나 달라고 하더니, 주머니에 쏙 넣어 주머니 놀이를 하기 시작한다. 자기가 좋아하는 물건도 넣어놓고, 이불도 폈다가 접었다가, 안전벨트는 어떻게 생겼는지 확인한다.

Trailer 출발~~

첫째 아이는 신기한 눈으로 요리조리 보면서 좋아한다. 좀 움직이는게 익숙해지더니, 빨리 가라고도 하고, 멈추라고도 한다. 목적지에 도착하여 잠시 쉰다. Trailer에 있던 각종 짐도 꺼내 놓아 놀이도 하고, 신나게 30분 논다. 집에 돌아가기 위하여 짐을 정리하고, 다시 Trailer에 앉는다. 돌아가는 길이 마침 4월이었는데, 꽃 향기와 꽃잎이 떨어지면서 장관을 연출했다. 장관을 잠시 보면서 집에 천천히 가는데, 왠지 뒤가 조용하다. Trailer에 앉아있던 첫째는 스르르 누워 잠을 자기 시작했다. 가만히 앉아 있기만 하니, 날도 따스하고, 졸려 잠을 자기 시작했다.

아이가 집에서 답답할 때, 가끔 태워주면 좋겠다고 생각했다. 밖에 나와서 좀 놀고 돌아가는 길에 꿀 잠을 자게 하는 Trailer.

이제 어떻게 Trailer를 운용하는지 연습도 해보고, 첫째도 태워보고 했으니, 이제 실전이다.

어린이집에 가는 날 한번 해봐야지.

아이들에게 아침을 먹이고, 어린이집 갈 준비를 하고, 어린이집 가방도 준비하고, 블루투스 스피커도 준비한다. 물도 챙겨 놓고, 헬멧을 챙기고 자전거와 Trailer를 연결한다.

아이들은 왠지 신나서 Trailer에 앉는다. 첫째를 먼저 앉히고, 둘째를 잘 앉힌다. 둘째가 옆으로, 뒤로 스러지지 않도록 이불과 등받이로 고정한다. 헬멧도 마지막으로 착용하고, 안전벨트를 체결하여, 안전하게 등원 준비를 마친다.

자전거와 Trailer가 나가면 언제나 이목을 끈다. 어린이집 등원시간에는 엄마와 아이들이 주변에 많다. 자전거 Trailer를 타기에는 국내는 사실 그렇게 좋은 환경이 아니다. 인도와 자전거도로/ 자동차 도로의 경계가 모호하고, 횡단보도 빨간 불에 자동차 우회전에 그렇게 잘 지켜지는 관습이 없는 나라이기 때문에, 자전거는 아직 위험하지만, 아빠가 육아휴직 전부터 혹시 Trailer를 타면 어디로 가야 하나, 습관적으로 생각을 해서 안전한 길을 찾았다. 인도와 자전거 전용도로로, 집에서 어린이집을 갈 수 있는 안전한 길을 확보해 놨다.

어린이집에 가면서 아이들에게 지속적으로 물어봤다. 어때?

자동차하고 비교해서 어때?

대답은 좋다고는 말하는데, 평소 출퇴근보다 왠지 더 힘들다. 굴러가기 때문에 하중 증가는 아이의 체중만큼은 아니지만, 오르막길에서 부담이 느껴진다. 오르막길이 있으면 내리막길이 있는데, 울퉁불퉁한 곳을 조심해서 가야 한다. 평소에는 빠르게 내려갔지만, 아이들과 있으면 천천히 내려간

214

다.

아이들은 시야가 낮으니, 조금만 빠른 속도에도 민감하게 반응한다.

어린이집에 아빠가 낑낑대며 도착하면, 해야 할 일은 Trailer 하차이다.

자전거가 있을 수 있는 곳은 차가 오지 않으니, 다행이다. 안전하게, 서있을 수 있는 첫째부터 하차한다. 하차하면서 헬멧을 벗고, 다른 아이들이 부러움의 눈빛으로 쳐다보는 것을 즐기는 첫째 같다.

둘째는 하차하면서 안아서, 어린이집으로 첫째와 손을 잡고 들어간다.

허벅지가 두근두근 하지만 기분이 좋다. 자동차를 타고 왔을 때는 첫째가 어린이집에 들어가면 오늘 할 일은 끝인데, 자전거를 타고 왔으니 아직 할 일이 남아있다. 바로 집까지 돌아가는 것이다. 자동차를 타면 7분 내외로 돌아가는데, 자전거를 타고 가면 20분은 기본이다. 자 헬멧을 잘 쓰고, 안전벨트를 체결하고, 나는 자전거 안장에 올라 페달을 밟는다.

부릉부릉이 아니고, 허벅지가 원운동을 하며 휘익 휘익 움직인다.

끼익 끼익 자전거가 움직인다.

옆에 있던 첫째가 없으니, 둘째가 심심해 한다.

오르막길 내리막길 올라갔다 내려갔다 하며 뒤가 조용해진다. 뒤를 돌아보니, 둘째가 자고 있다. 이거 어쩐다. 왠지 깊은 수면 상태에 빠진 것 같다. 자동차에선 둘째가 자도 큰 문제 없이 둘째를 안을 수 있는데, Trailer 안에 있는 둘째를 꺼내기엔 왠지 번거롭다. Trailer 커버를 벗기고, 헬멧을 벗기고, 안전벨트도 해제하고, 거의 누워있다시피 있는 둘째를 안으려면 허리를 깊이 숙여야 하는데, 왠지 내 허리도 구부정하고, 자세가 잘 나오질 않는다. 둘째를 안고 나면, Trailer를 제자리에 가져다 놔야 하는데, 아이를 안고 하기가 불편하다. Trailer를 제자리에 놓고, 둘째를 안는다. 둘째를 안고 있는 상태에서 본인의 헬멧은 벗지 못한다.

둘째를 어찌어찌 엘리베이터를 지나, 현관을 지나 이불에 눕히고 나면, 아빠의 등은 땀으로 범벅이다.

둘째가 자고 있는 사이에 재빨리 샤워를 하고 한숨을 돌린다.

첫째의 하원 때도 Trailer를 운용했다. 둘째만 태우고 어린이집까지 간다. 오후에 신나게 놀았는지, 이때도 자는 때가 있었다. 자고 있는 아이를 Trailer에 혼자 놔둘 수 없으니, 잘 안아서 교실로 가서, 첫째를 맞이 한다. 첫째의 신발은 혼자 신으라고 하고, 이래저래 이야기를 하니 안고 있는 둘째가 일어난다.

아직은 너무 둘째에게 Trailer 이용은 일렀던 것일까?

한 달 정도 그래도 Trailer로 어린이집 가는 것을 지속적으로 시도해 보았다.

Trailer를 처음 이용했을 때는 첫째와 둘째 모두 좋아했다. 하지만 시간이 지나면 지날수록, 익숙해지는 것이 있다. 사람이 적응의 동물이 듯, 아이들도 적응의 동물이다.

익숙해지면 심심해 진다.

첫째도 둘째도 Trailer 안에서 심심한데, 서로 밀착하여 붙어 있다. 봄에 휴직을 하고, Trailer를 준비했으니, 여름이 다가오고 있다. 날씨는 더워지는데 서로 밀착하여 붙어있으니, 짜증이 늘어난다. 둘째도 옆에 있는 첫째를 만지기도 하고 호기심이 많아진다. 아직은 서로 언어로 소통이 안되는 단계이니, 서로 싸우기 시작한다. 소통은 안되지만, 싸우는 건 참 잘한다.

둘째가 첫째를 만지면, 첫째가 둘째를 꼬집기도 하고, 둘째는 울고. 자전거를 운행하다가, 점점 뒤를 돌아보는 횟수가 증가하기 시작했다. 첫째와 둘째가 시도 때도 없이 서로를 괴롭히는 것이다. 날씨도 더워지고, 아....

날씨가 더워지면서 Trailer를 억지로 태우지 않기로 결정했다. 그래도 2개월정도 날씨 좋은 날 Trailer운행을 잘 했다.

장마철도 다가오고, 뜨거운 햇살이 Trailer에서 온실효과가 되어버려, 여름에는 운행을 못했다. 비가 오고 난 뒤에는 자전거에서 튀는 흙이 Trailer에 다 묻고, 점점 Trailer가 효용

성을 잃고 있었다. 그래도 비상 교통 수단으로는 제 몫을 했다.

한번은 아이들 엄마가 자동차 열쇠를 아빠 것, 엄마 것 모두 챙겨서 회사에 간 것이다. 아빠가 자동차 열쇠를 집에서 아무리 찾아도 없길래, 엄마한테 전화를 해보니 엄마가 모두 가져간 것이다. 아이들 두 명을 택시 또는 대중교통으로 어린이집에 가기는 아직 이른 시기였다.

그래서 Trailer에 태웠다. 둘째가 폐/기관지염으로 아직 낫질 않아 미열이 있는 상태였지만 아빠가 할수 있는 보온을 다 해서 첫째와 둘째를 모두 태웠다. 그리고, 비상 교통 수단으로 어린이 집에 다녀왔다.

가을부터는 Trailer운용을 포기했다. 겨울이 오니, 날씨가 추워져서 Trailer를 타면 아빠만 자전거를 타서 몸이 따뜻해지는데, 아이들은 가만히 앉아있으니, 뭔가 아이러니 (irony)한 상태가 와서, 가을부터는 Trailer는 창고에 자리를 차지하는 비상교통수단으로 자리잡았다.

아이들이 크고 나서 서로 싸우지 않고, 날씨 좋은 날에 만 탈 수 있다는 것을 깨닫고, 나의 소원은 또 하나 이루었다.

3. 어머니들과 놀기

육아휴직을 하고 나면, 왠지 전업주부가 된 것 같다. 전업주부가 돼서 여유를 느껴보고 싶을 때도 있다. 하지만 난 남자다. 남자가 주부가 되어 낮 시간을 보내는 것이다.

본인이 육아휴직남자가 되어 전업 주부의 낮 시간을 체험해 보니, 딱히 사람을 매료하는 그런 일은 발생하지 않았다. 잔잔한 하루가 흘러가도록 집안의 여러 물건을 여기저기 도와 줘야 하는 것이 가장 중요했다.

그림 52 햄버거와 어머니들과 놀기, 역시 햄버거는 최고!

가끔 아이들이 아파트 공터에 모이는 경우가 있다. 앞 동, 아랫집, 옆집 등 아이들이 많이 나와 논다. 날씨가 좋으면, 해가 길면 아이들이 많이 나와 논다. 아빠가 아이들을 데리고 노니, 아빠가 동네 아이들도 보고, 아이들의 엄마도 본다.

마침 자주 나오는 아이들을 만나다 보니, 아빠는 자연스레 아이들의 엄마들과 또한 친해지게 된다. 아이들의 엄마들과 자주 보다 보니, 밥 한번은 먹어야 되겠다 생각이 들었다.

그래서 날을 잡고 햄버거 세트를 배달시켜서 먹었다. 둘째에게는 소금을 뿌리지 않은 감자튀김을 주문해서 심심함을 달랬다.

놀러간 집 아이들은 자기끼리 놀고, 우리 둘째는 따로 여기저기를 탐방하다가 아빠 품 안에서 자기 시작했다. 쿨쿨 자서 일찍 자리를 일어설 수 밖에 없었다.

특별한 이야기는 딱히 없다.

남자와 아이, 어머니들과 아이들이 있으니, 어색하기도 했지만, 이야기 듣다가, 이야기 하다가 밥을 맛있게 먹고 왔다.

오늘도 평화로운 하루가 지나갔다.

5. 건강편

1. 아이의 건강

육아휴직의 제 일 목표는 아이가 건강하게 크는 것이다. 아프지 않고, 잘 자라는 것.

하지만 가끔 아플 때도 있다. 전염병이 걸릴 때도 있고, 눈병이 날 때도 있고, 감기에 걸릴 때도 있다. 어린 아이의 대부분은 열로서 몸의 이상(異常)을 알린다.

열이 나면 병원에 가야 한다. 의사 선생님이 진찰을 하고 처방전을 받는다.

부모(아빠)가 할 일은 아이 컨디션을 잘 보면서, 투약을 제 때 하는 것이다. 아이가 늘어지는 것 같으면 다시 병원에 가야 하고, 잘 놀면, 약속된 시간에 병원에 가서 경과를 보는 것이다.

의사 면허가 없기에, 아빠와 엄마는 아이가 잘 노는지, 잘 먹는지 확인해야 한다.

먼저 열은 체온계로 측정이 가능하다. 스마트폰으로 기록도 가능하니, 이를 활용하여 의사 선생님과 함께 아이의 질병 경과를 파악한다.

간혹 열이 38도 이하로 떨어지지 않을 때가 있다. 이때는 두가지 종류의 해열제를 교차 복용시켜야 한다. 아세트아미

노펜(타이레놀) 계열의 해열제와, 이부프로펜(부루펜) 계열의 해열제가 있다. 처방전으로 모두 받을 수 있고, 추가적으로 약국에서 일반의약품으로도 구매가 가능하다.

그림 53 약을 먹지 않으려 하면 약을 어떻게라도 먹여야 한다.

새벽에 열이 나는데, 아이에게 약을 투약 해야할 때가 꼭 있다. 전날 아무일 없었는데, 병원이 문을 열지 않았을 시간에 꼭 아이가 아프다.

해열제를 투약해야 하는데, 꼭 둘째 이 녀석은 약을 먹지 않고 뱉는다. 꼭 내가 어릴 때 콩을 먹으면 뱉듯이 말이다. 첫째는 약을 잘 먹었는데, 둘째는 약을 싫어하는지 꼭 뱉는다.

내가 먹어보면 달콤하고 맛있는데, 왜 뱉을까?

껌껌한 수면 등에 의지하여 약을 아이 입에 넣었지만, 입옆으로 흘러내린다. 내가 투약을 잘 못했는지 내 손을, 내눈을 의심한다. 분명히 입안에 넣었는데, 입 밖으로 흘러내린다.

내가 잘못했나?

잠시 후에 생각해보니, 아이가 약을 일부러 뱉는다.

아이의 열은 떨어지지 않는다. 두시간이 지날 때까지 기다려야 한다. 약을 거의 다 뱉었지만, 약을 투약한 걸로 가정해야 한다. 과다 투여의 위험이 있으니 말이다. 다음 투약할 때는 아빠가 아이를 안고 투약하기로 했다. 이 때는 정말로 기억에 남는게, 아이가 막 울면서 약을 먹지 않으려고 하는 것이다. 다른 음식에 섞는 방법도 생각해 보았으나 아이는 이미 열성 경련을 가끔 보이고 있었다.

무조건 이번 기회에 투약을 해야 한다. 주사로 해열제를 투여할 수도, 응급실에 갈 수 도 있으나, 이것은 모두 아이가 약을 뱉음으로써 나타난 결과이기 때문에, 약을 투약 시키면 이 열이 진정될 것이라는 것은 예견된 일이다.

아빠가 아이를 안고, 다른 방으로 간다. 엄마와 떨어진다.

아이가 엄마를 찾을 수 없도록 하고, 한 손으로는 아이를 꽉 잡고, 한 손에는 시럽 해열제를 준비한다.

아이의 입을 잡고, 벌리고, 해열제를 넣고, 빨리 입을 다물게 하여, 울기 전에 꿀꺽 삼키도록 한다. 싫어하는 김치를 먹일 때처럼, 쓰디쓴 한약을 먹으라고 할 때처럼.

먹고 왜 약을 꿀꺽 삼키게 했냐고 하면서 막 운다. 약을 먹은 것을 확인한 나는, 아이를 안고 토닥여 준다. 온몸이 뜨겁게 열이 나지만, 열이 나지 않는 것처럼 아주 크게 운다. 더 안쓰러워서 안아준다.

10분정도 지난 후에 잠이 든다. 해열제를 먹으니, 30분 안에 반응이 온다.

땀을 뻘뻘 흘리면서, 약이 작용하는지, 열이 내려간다. 있다가 열이 또 나면 이 투약 방법을 반복해야 하는 것은 잠시 뒤에 생각하고, 나도 잔다. 내일 아침 첫째를 등원 시켜야 하기 때문이다. 둘째도 같이 가야 한다. 엄마가 아침에 일어나서 상황을 보고 출근한다. 둘째의 열이 안정되는 것을 확인하고 출근길을 나선다. 무거운 마음일 것이다. 하지만 약이 잘 몸에 들어가서 해열이 되는 과정을 보고나니 그나마 안심이 든다. 아빠도 엄마도.

첫째 때 아이가 토하고 아파서 응급실에 가보았다. 정말 어찌할 바를 몰라서 가보았는데, 돌 무렵의 아이와 응급실에 가는 일은 정말로 어찌할 바 모를 때 가봐야 하는 것이라고 느꼈다. 119를 통하여 전화로 의사와 상담을 해보았지만, 집안에서 해결을 볼 수 없으면 의사를 만나야 하는 것이다. 집에 의사가 없으면 말이다. 열이 날 경우, 응급실에 가서 아이가 높은 확률로 링겔을 맞게 되는데, 이 과정을 보고 있으면, 왜 여기 왔을까 먼저 생각이 든다. 주사바늘을 몸에 들고 있는 아이를 보면 부모 마음이 찢어진다. 의사 선생님 들은 더 아픈 환자를 보느라, 열이 나는 아이는 상대적으로 우선 순위가 낮은지 꼭 늦게 오시는 것 만 같다. 아무래도 응급실이니 말이다.

경험을 해보니, 사실 열이 나는 어린 아이에게 급한 진단을 내릴 수 없는 것인가 느껴지기도 한다.

(정말로 그런가요??? 의사선생님??)

육아휴직 아빠의 경험을 토대로, 평소에 유아 의학 서적이 나, 의사 선생님과의 여러 상담을 통해, 만약의 상황에 대해 잘 대비해 놓는 것이 필요하다고 느꼈다. 관련 서적은 서점 에 많고, 주변에 의사 선생님이나, 의사선생님 친구를 잘 알 아 놓아, 여러 경우에 대비책을 세워놓는 것이 필요하다.

예방주사

가끔씩 스마트폰으로 문자가 날아온다. 아이의 예방접종이 필요하다고. 돌 전후로 수 많은 예방주사를 맞게 된다. 미국 드라마 하우스 시즌 1에 아이의 예방접종 에피소드가 있다. 예방접종이 제약회사의 배만 불리는 것이 아니냐 하는 의문 을 가지는 환자가 등장하는 데, 이는 절대 그렇지 않다고..

비극적인 결말을 원치 않으면, 예방주사는 반드시 맞는 것이 좋겠다.

의사 선생님의 판단에 따라 예방주사는 차례차례 맞다 보면.. 가끔 밤에 열이 난다.

(왜 꼭 밤에 열이 나는지)

해열제를 투여하고, 다음날 병원에 가서 경과를 살펴본다.

이렇게 아이가 병원에 익숙해지는 것 같다. 어쩔 수 없이 병원은 아이의 산책 코스가 되어버리는 것 같다.

간호사 선생님들 얼굴도 익히고, 의사 선생님 얼굴도 익히고. 아이는 주사 바늘의 느낌이 어떤지도 익히게 되는 것 같다.

목이 부었는지, 귀에 이상이 있는지, 코에 이상이 있는지, 숨소리가 정상인지 파악하는 코스도 아이는 다 알게 되어버리는 것 같다.

병원을 들락날락하면 내가 의사가 될걸 이라는 생각도 한다. 나는 왜 공대생 박사가 되었을까? 그것보다는 아이의 건강이 먼저니 이런 걱정은 다음 생애에 하도록 해보자.

병원이 익숙해지고, 약국도 익숙해진다. 약국에서는 비타민을 이제 자동으로 자기가 집는다. 처음에는 약사 선생님이 나누어 줬지만, 어디에 있는지 알고, 자기가 가서 집는다.

아이가 육아휴직동안 걸린 병

- 기관지염:

항생제를 투여하게 되는 무시무시한 병이다. 항생제를 먹으면 설사를 할 수 있다. 아이가 한시간 마다 변을 볼 수 있으니, 물을 많이 마시게 하고, 의사선생님께, 설사를 감소시키는 항생제를 부탁한다. 처음엔 설사는 항생제를 먹으면 으레 하는 줄 알았지만, 알고 보니, 약의 부작용이었을 줄이야. 이 병을 피하려면 찬바람을 쐬지 않게, 마스크와 목을 따뜻하게 해주는 아빠의 센스가 필요하다.

- 목감기, 코감기:

목이 부으면 목 감기, 콧물이 줄줄 나오면 코감기. 아이가 목이 쉬거나, 콧물이 쉬지 않고 나온다. 재채기를 하면 코에서 기차가 출발한다. 수건으로 코를 닦으니, 코가 헌다. 잘 때 콧물이 있어 숨을 쉬기 힘들어 한다. 목 감기는 고열을 동반하는데, 이때 열성 경련도 올 수 있으니, 열관리를 잘해야 한다. 상비약으로 해열제는 항상 간직해보자.

- 복통:

둘째와 마트에서 장보고 있는데 갑자기 둘째 아이가 아침 먹은 것을 다 내뱉었다. 깜짝 놀랐다. 아이는 토를 했다는 사실보다, 옷에 토가 묻어서 빨리 닦아 달라고 나를 보챈다. 그날 점심 저녁은 아주 간단하고, 적은 양으로 식사했는데, 다음 날 아침 또 토했다. 이럴 때는 매우 적은 양만 식사하도록 하면 된다고 한다.

- 결막염:

눈에 눈곱이 낀다. 눈에 투여하는 항생 약물 안약을 사용한다. 눈을 뜨게 하고 안약을 넣어야 되는데, 잘 되지 않는다. 한 방울을 조심스레 넣으면 약 때문인지 운다. 눈물이 나와서, 약을 넣은 것인지, 눈물로 다 씻겨 나오는지 모르겠지만, 안약을 쓰고 나니, 눈곱이 줄어드는 것을 시간이 지날수록 확인할 수 있다. 아이가 계속 눈을 비비게 되는데, 신나게 놀게 하면 눈을 덜 비빈다. TV를 보면 오히려 눈을 덜 깜빡이게 돼서 눈을 비비게 돼서, 결막염에는 TV가 비추라고 판단된다.

- 타박상, 찰과상:

아빠랑 산책하다가 넘어져서 이마에 흠집이 났다. 얼른 병원에 가서 흉이 남는 상처인지 아닌지, 걱정이 되어 빨리 가보았다. 다행히 옅은 상처라서 금방 나았다.

- 첫째는 걸렸는데, 둘째가 걸리지 않은 병: 수족구 (Hand, mouth, foot disease)

첫째는 어린이집 생활을 하기 때문에, 전염병원균을 아무래도 접촉할 기회가 많다. 열이 며칠 동안 이어져서 병원에 가보니 수족구로 판정을 받았다. 바이러스성 병은 음식을 같이 먹거나, 같이 놀거나 하면서 가족간 전염도 종종 있지만, 다행히(?) 가족간 전염은 없었다.

- 걸리지 않은 병

독감, 심한 입원해야 되는 폐렴: 독감 예방주사 탓인지, 어른들도 독감에 걸리지 않고, 아이들도 독감에 걸리지 않았다. 입원도 한번도 하지 않아, 다행이다. 입원을 하면 어른 한 명도 간병인으로 가야 하기 때문에 문제가 복잡해진다. 입원을 하지 않는 건강한 몸을 가진 아이에게 감사하다.

2. 나의 건강

평균의 몸매, 평균의 몸무게, 평균의 근육량을 가진 평범한 남자다. 뭐 첫째도 키워봤고, (온전히는 아니지만) 아이가 어떻게 자라는지 봤으니, 육아휴직을 하면서도 평범하게 넘어가겠거니 했다.

육아휴직 한지 약 3개월이 지날 무렵이었다. 허리가 점점 아파 왔다. 왼쪽 허리가 7~8년전에 안좋았는데, 그 부분에서 신호를 보낸다. 허리 이상해진다~

허리

아이와 함께 가는 병원에 가서 진통제, 근육이완제, 소염제를 처방 받고, 좋아진다. 하지만 좋아졌다고 판단했는지, 아이도 업고, 아이 둘도 한꺼번에 안고, 힘 자랑을 했는데, 다음날, 허리를 필 수 없을 정도로 통증이 심해졌다. 다행히 장모님이 오시는 날이라 아이를 집에 놔두고 한의원에 7~8년만에 갔다. 한의사선생님도 오랜만에 만나 뵙고, 허리가 다시 고장 나서 왔다고 그러니, 7~8년 전에 맞았던 침술 그대로, 치료를 받았다.

상담을 받아보니, 통증의 원인이 내 안에 있었다.

바로 아이를 한쪽으로 안는 것이었다. 한쪽으로 안고, 골반쪽에 하중이 걸리면 내가 아픈 그곳이, 아프게 된다고 말이다. 정확한 병명은 천장골인대염증으로 파악하고 있다.

이곳이 아프면, 등도 아프고, 허리도 아프고, 허벅지도 아프게 되는데, 7~8년동안 아무 증상이 없다가, 없던 하중이 생기니 지병이 재발한 것이다. 아이를 한쪽으로 안으면, 특히 본인의 무게중심과 멀리 떨어질수록, 허리 관절이 좋아지지 않으니, 안는 방법을 다시 고쳐야 했다.

아이를 안을 때는 뱃살로 안는다고 생각을 해야 할 것이다. 한 손으로 안더라도, 아이가 배 위에 걸터앉는 식으로, 본인의 척추에서 멀리 떨어지지 않도록 얼굴과 얼굴이 맞닿도록 안는 것이다.

그림 54 아이 안는 방법: 좌: 중심선에 멀리 골반에 아이를

231

얹어 놓으면, 허리 통증은 100% 온다. 우: 그림처럼 가슴과 배로 안고, 척추 중심선에 가까이 오도록 아이를 두 손으로 안으면, 허리 질병을 예방할 수 있다.

위의 그림과 같이 무게 중심선에서 멀어지면, 아빠의 신체에 무리가 간다. 아이를 안을 때는 두 손으로 안으려고 노력을 하고, 한 손으로 안더라도, 척추 중심선에서 멀리 떨어지지 않게, 배와 가슴으로 안는 버릇을 가져야 할 것이다. 허리가 아프면 일어서지도 못하기 때문에, 육아휴직이 아닌 병가로 이어질 수 있기 때문에 항상 조심해야 할 것이다.

발바닥

기어 다니는 아기를 안고 산책을 나가면 안고 있어야 할 때도 있고, 아기 띠를 해야 할 때도 있다. 그러면 한시간을 걷더라도 평소의 하중보다 +10 kg (아이 몸무게)가 발바닥에 걸리게 된다. 온몸으로 하중을 분산시키긴 하지만, 발바닥에도 평소보다 많은 하중이 걸리게 된다.

육아휴직 초기 4~5개월이 지날 무렵 발바닥이 그렇게 아팠다.

족저근막염이었을 확률이 매우 크지만, 이 병의 근본적인 치료는 하중을 없애는 것이다. 하지만 과연 근본적인 치료가 가능할까? 아이를 안고 있는 부모라면, 근본적인 치료가 불가능하다고 생각된다. 발에 가해지는 무게를 최대한 분산시켜야 하는데, 발이 편하고, 충격을 잘 분산시켜주는 신발을 착용함으로서 발을 편하게 해주는 것이 좋을 것 같다.

정말로 임부들이 발바닥이 아프다는데, 이 통증은 정말로 은은하고 지속되니, 잠자기가 불편할 정도였다. 앞서 허리가 아픈 것이 강도가 7~8이라면, 이 통증은 강도가 5정도 되는데, 더 강한 통증이 없으면 4의 통증이 지속적으로 느껴지는데, 왜이리 불편한지.

편한 신발로 바꾸고 나서, 발이 점점 나아지고, 아이를 안는 방법도 개선하니, 발바닥의 통증도 서서히 사라졌다.

기타 근육통

보통 아이를 많이 안으면 손목이 아프다고 한다. 본인은 손목보다, 어깨가 조금 불편했다. 아이를 한쪽 어깨만으로만 안게 되니, 어깨가 빠지는 느낌이랄까. 한쪽을 보완하면, 다른 한쪽에서 구멍이 나는 효과가 지속적으로 이어진다.

헬스 운동은 보통 좌우 균형으로 운동을 하게 된다. 육아는 좌우 불균형으로 운동을 하는 느낌이다.

아령도 한쪽만 들고, 덤벨 프레스도 한쪽만 하는 그런 느낌이다. 그래서 근육도 한쪽만 발달하는 느낌이다.

엄지발가락 통증도 한번 느꼈다. 아이를 하도 안고 있다가 발바닥을 잘 못 디뎠는데, 엄지발가락에서 번개가 찌릿 했다. 병원에 가보니, 통풍을 의심했지만 검사 결과, 통풍을 의심할만한 인자가 확인되지 않아, 정말로 근육과 인대, 근막이 다친 것으로 파악했다.

아이를 안고 있는 것은 그만큼 근육, 관절을 쓰는 것이니, 아이를 정확하게 안고, 부담이 덜 되도록 안는 것이 육아휴직 아빠로서 절실하다.

근육/관절 치료

근육이나 관절 치료의 최우선 방법은 찜질이라고 생각된다. 붓기가 없으면 찜질은 언제나 보약이라고 생각한다. 약으로도 치료할 수는 있지만, 올바른 자세 및 지속적인 찜질로 근육에 부담을 없에주는 것이 가장 중요하다고 판단된다.

때문에, 육아휴직 아빠로서 항상 가까이 해야할 물건이 있다면 찜질기라고 생각된다.

허리가 아프고 나서, 찜질기를 사고, 매일 밤 지져줬다. 한 여름에 허리가 다쳤었는데, 찜질을 하니 땀이 뻘뻘 난다.

정말로 찜질을 하면 상태가 호전되는 것을 느끼니, 이건 끊을 수가 없다. 어깨, 허리, 기타 관절에 정말 유용하게 썼다. 아빠가 육아휴직을 한다면, 찜질기를 하나 미리 준비해 놓자.

움직임 감소에 관하여

아이와 집에 있다 보면, 어쩔 수 없이 집에 있는 시간이 자연스레 증가하게 된다. 이상하게 없던 질병도 마주하게 된다. 갑자기 피부가 빨갛게 오르는 아토피 피부염 (또는 두드러기), 어지럼증을 느껴 병원에 찾은 적도 있다. 다행이 약을 먹고 금방 증상들이 사라지기는 했으나, 아무래도 직장에만 다니다가 집에 있다면, 몸에 찾아오는 자연스런 변화 같다고 생각한다.

체력관리

새벽에 일어나서 운동을 할 수 있을까? 아이들이 자고 나면 헬스장에 가서 운동을 할 수 있을까?

둘다, 게으른 본인 탓이거나, 하루가 너무 힘들어서 지쳐 쓰러지는 경우가 많아, 별도로 시간을 내어 운동을 할 수 있다는 생각은 아예 하지 않았다. "육아휴직이라서 시간이 많을 테니(?) 운동 정돈 할 수 있지 않을까?"라는 말도 할 수 있다. 하지만 그냥 휴직이면 할 수 있을 테지만 육아휴직이라 운동도 맘대로 못할 수 도 있다. 사실 아이와 함께 있는 전업주부에게 위 질문을 똑같이 할 수 있겠지만, 육아휴직 아빠에게 같은 질문을 하더라도, 돌아오는 답변은 아이가 있는 전업주부와 별다르지 않을 것이다.

육아휴직 초기에는 운동에 별로 뜻이 없다가, (물론 지치기도 하고, 새로운 휴직 환경에 적응도 해야 하니), 온몸에 근육통이 오기 시작한 순간부터, 운동을 해야 하겠다고 결심을 했다. 사실 육아휴직 전부터 규칙적으로 운동을 했어도, 근육 하중이 좌우불균형인 육아를 하게 되면 통증이 올 것 같다라는 생각이 든다. 이대로 가다가는 앞으로 점점 몸무게가 늘어나는 아이를 안지 못할 수 있다고 생각하니, 운동을 해야겠다는 생각이 절로 들더라.

보통 혼자서 땀을 흘릴 수 있는 운동은 하지 못한다. 이유인 즉 슨, 아이를 떼놓고 집밖에 나가질 못할 것이고, 아이와 집에서 같이 운동을 하더라도, 아이가 아빠가 운동을 하지 못하게 할 것이다. TV에 홈트레이닝 영상을 틀어놓고 따라해보았지만, 2분이 최장 시간이었다. 아이가 아빠를 찾거나, 실수를 했거나, 무엇인가 요구를 할 것이다. 아이의 요구를 무시하면, 아빠가 못하게 자꾸 옆으로 와서 안아달라고 할 것이기 때문에, 실내 홈트레닝, 실외 홈트레이닝 모두.. 잘 생각해봐야 할 것이다.

땀을 흘리는 것이 힘들기 때문에, 땀을 흘리지 않으면서, 종종 할 수 있는 운동을 선택해야만 했다. 그래서 Pull-up (턱걸이), Push-up (팔굽혀펴기), Ab slide 를 선택했다. 맨몸 운동도 좋은 선택이다. 스쿼드, 플랭크 등이다.

대부분 대 근육을 쓰는 운동이다. 그렇다. 육아휴직을 하면 크게 움직일 일이 감소하기 때문에, 집에서 큰 근육을 쓸 수 있는 무엇인가를 해야 한다.

Pull-up을 하기 위한 도구는 근래에 많이 진화되었다. 문틀에 상처가 나지 않으면서 높은 하중을 견딜 수 있는 제품이 시중에 출시가 되었다. 사은품으로 push-up도구까지 주니, 왠지 내일이면 몸짱이 될 것 같다.

본인의 턱걸이 실력은 10년전에 10개씩도 하고, 한 손으로도 턱걸이를 할 수 있는 수준이었다. 하지만 세월이 지나면

서 몸무게도 증가하고, 아이도 낳고, 팔로 내 몸을 위로 당
겨본 적이 별로 없다. 정말로 오랜만에 턱걸이를 하는 것이
다. 그동안 간간히 회사 운동시설에서도 턱걸이를 해 보았
지만, 지나가다가 해본 것이고 정말로 오랜만에 우주의 기
운으로 모은 등 근육을 사용하기는 정말 오랜만이었다.

**그림 55 운동은 꾸준히 하는 것이 중요하다. 갑자기 하면
늘어난 뱃살과 떨어진 체력이 문제가 될 것이다.**

기쁜 마음으로 택배를 열고, 운동기구를 설치하고 난 후, 신
나게 턱걸이를 해보았다. 오랜만에 힘을 쓰니 좋았다. 턱걸

이 개수를 서서히 늘릴 무렵, 턱걸이를 하면 할수록 머리가 아파왔다. 팔굽혀펴기도 해보니, 머리도 아프고, 무슨 운동을 해도 머리가 아파왔다. 오랜만의 대근육운동이 뭔가 몸에 무리를 준 것 같다.

머리가 터질 것처럼 아프더라.

찾아보니 운동성 두통. 너무 심하게 운동을 해서, 또는 잘못된 방법으로 운동을 해서, 숨쉴 때 안 쉬고, 올바르지 않은 자세로 운동을 해서, 나타난 현상이었다. 관련 내용을 지속적으로 찾아보니, 뇌압이 상승해서 그런 것인데, 이때 쉬지 않으면 뇌혈관 파열로 이어질 수 있는 심각할 수 도 있는 증상이었다. (미국에서 실제로 그런 사례가 있다)

아이가 낮잠 자고 있을 때 아빠는 턱걸이하다가 뇌출혈로 병원에 갈 수 있는 그런 시나리오까지 상상이 되었다.

병원에도 물어보니, 아프면 즉시 중단. 여러 게시판도 찾아보니, 몸에 신호가 오면 즉시 중단.

그래서 1주일정도 푹 쉬고, 올바른 자세, 올바른 호흡으로, 한번에 하나씩, 무리하지 않고, 운동을 다시 시작하였다. 턱걸이 개수도 다시 늘릴 수 있었다. 조금 오랜 시간 걸렸지만 턱걸이 10개 이상을 할 수 있는 체력을 다시 찾을 수 있었다.

아이가 아빠가 운동하고 있으면 같이 운동하려고 하는 모습이 인상적이다. 나도 매달리고 싶어, 나도 팔굽혀펴기 하고 싫어하는 모습을 같이 찾아볼 수 있다. 대근육 맨몸 운동의 장점이, 최소한의 도구를 쓰면서, 방해받더라도, 이어서 할 수 있는 점이다. 땀을 흘릴 수 있는 유산소 운동은 할 수 없지만, 대근육 운동을 쓰면 몸이 뻐근해지는게, 운동을 했다라는 느낌을 줘서, 스트레스도 관리하고, 체력 관리도 할 수 있어서 참 좋다고 생각한다.

아이들이 밤에 잘 때 따로 나가서 운동하는 것이 가장 좋겠지만, 가장 번거로울 수도 있고, 내일 또 일어나야 되고, 새벽에 아이들이 우는 경우가 있었기 때문에, 자신의 생활 패턴과 아이의 생활패턴, 활동 반경에 맞는 운동을 여러가지 해보면서 찾아가는 것이 좋을 것 같다.

3. 가족의 건강

아이를 돌보다 보면, 아이가 감기에 걸릴 때가 있다. 감기 걸린 아이를 돌보면서, 같이 재채기도 맞고, 콧물도 닦고, 그러다 보면, 아이의 병원균이 나에게 올 때도 있다. 바로 집안 전염병이 시작되는 것이다. 아이가 다 나을 때면, 내 안의 병원균이 활동을 하기 시작한다. 아이가 시름시름 앓다가 건강해지고, 다음 차례는 아이와 가장 밀착 접촉한 보호자가 되는 것이다.

아이가 건강해질 무렵 아빠가 열이 난다. 해열제를 복용하여 몸을 컨트롤 하지만, 좀 힘들기도 하다. 아빠가 힘들면 엄마가 힘들어지기 때문에 약을 먹으면서 정상적인 상태를 유지하려 애쓴다. 아빠가 정상으로 돌아올 무렵 엄마도 힘들어한다. 아빠의 병원균이 엄마에게로 전파가 될 때도 있다.

병원균이 가족 구성원을 모두 지나고 나면 온 가족이 건강해진다.

상대적으로 아이가 먼저 아플 확률이 크니, 아이가 아프면, 엄마와 아빠는 체력 강화 및 개인 위생을 좀더 신경 써서 가족이 모두 아픈 경우를 감소시켜야 할 것이다.

4. 병원에 가기

아이가 아프면 의사선생님을 만나러 가야 한다. 의사 선생님은 보통 병원에 있다. 유명한 병원이 있고, 유명한 병원이면 사람도 많다. 사람이 많으면 자동차도 많고, 주변 교통도 복잡해진다.

한 번은 이런 유명하고, 큰 병원에 간 적이 있다.

차를 타고 멀리 가서, 주차도 어찌어찌 하고, 아이와 함께 병원에 들어섰는데, 병원 대합실이 서울역 대합실과 유사하였다.

바글바글, 시끌 벅적.

더 이상의 묘사가 필요 없었다. 왠지 여기 있다가는 있는 병을 더욱 키울 것 만 같은 느낌.

진료까지 기다리는데도 시간이 걸리고, 진료를 들어가더라도, 의사선생님은 왠지 초췌하고 바쁜 모습을 하고 있다. 궁금한 것을 물어보고 싶지만, 왠지 물어보면 좋은 답이 오지 않을 것 같다.

그 이후로 큰 병원은 가지 않게 되었다.

다행히 동네에서 좋은 병원을 찾아 사람이 없는 시간에 아이와 함께 가는 방법을 택하였다. 사람 없는 시간은 화요일에서 목요일 사이, 10시~11시 사이, 오후 3시~4시 사이이다.

월요일에는 주말에 아파서 다시 오기 때문에 사람이 많고, 금요일에는 주중에 쌓인 병을 치료하러 금요일에 오는 것 같다.

독감 접종을 맞는 것도, 사람이 없는 시간을 잘 파악해야 한다. 대부분의 어린이들이 어린이집에 간 시간에 병원에 가면 사람이 참 없다.

큰 병원에 가야할 일이 있다면 가야 할 것이다. 야간 진료나, 필요한 검사를 해야 할 때면 가야 할 것이다. 그렇지 않다면, 조용하고 다른 병을 옮길 가능성이 없는 조그마한 병원도 좋을 것 같다는 생각이 든다.

5. 약 먹기

첫째 약 먹이기

첫째는 약을 잘 먹었다. 아기였을 때도 잘 먹었지만, 커서도 잘 먹었다. 잘 먹으면, 문제 없이 약을 먹일 수 있다. 하지만 약을 먹지 않는 아기도 있다. 바로 우리 둘째이다.

둘째 약 먹이기

우리 둘째는 약을 참 먹지 않았다. 달콤한 코미 시럽을 줘도, 혀로 다시 밀어내고, 입을 다물어서 볼로 흘러내리게 한다. 올리고당에 섞어도 뱉고, 물에 넣어도 뱉더라.

그래서, 생각한 방법은 다른 아기들이 약 먹는 영상을 보여주면서 약을 먹여보았다.

약을 먹는 영상을 보면서 조금씩 먹는 것을 확인할 수 있었다. 대부분 뱉지만, 계속해서 반복하니, 나중에는 약을 잘 먹게 되었다.

약을 먹는 것이 중요하다고 아빠가 누누이 말을 지속적으로 해주었다.

약을 안 먹고 뱉으면 다시 닦아서 넣어주고 여러 번 할 수밖에 없었다. 밥은 잘 먹는데, 왜 약은 안 먹을까 생각도 많이 해봤지만, 시간이 지나고, 계절이 지나면서 약 맛을 알게 되면 자연스레 잘 먹게 되는 것 같다.

243

아이가 약을 먹지 않으면 괴롭지만, 약을 먹도록 여러가지 방법을 생각해보고, 되는 것을 찾는 수 밖에 없다.

아빠 엄마 약 먹이기

아빠 또는 엄마가 아프면, 처방전을 받아 약을 타올 때가 있다. 이 때 아이에게 아빠 입 속으로 약을 하나씩 넣어주도록 하면, 재미가 있다.

약이 몇 알인지, 약이 어떻게 생겼는지, 어떤 작용을 하는 약인지 설명을 해주면서 아빠 입 속으로 넣어주면서 아빠가 어디가 아픈지 이야기 해주면, 아이와 더 교감을 할 수 있을 것이다.

6. 의사가 말하는 육아휴직 아빠의 건강관리

동네의원 원장님 Dr. H 께 부탁해 육휴 남자의 건강관리 비법을 알아보았다.

저는 육휴남과 그 가족이 단골로 찾는 동네의원 원장입니다. 제 지식과 경험에 부족함이 많지만 육휴남 가족을 보면서 느낀 점을 간단히 적어보겠습니다. 아이들은 어른과 달리 '금방 아프고, 자주 아프고' 하는 것 같습니다. 처음에는 간단한 감기로 시작했더라도 폐렴이나 중이염, 부비동염으로 진행하는 경우도 많구요. 반면에 아이들은 치료에 반응이 빨라서 금방 좋아지기도 합니다.

아이들이 아프면 엄마아빠가 가장 먼저 살펴봐야할 것 중 하나가 '아이가 얼마나 아파 보이는지' 라고 생각합니다. 체온이 높고 기침, 콧물이 심해도 잘 놀고, 잘 먹으면 그리 큰 걱정은 안하 셔도 되겠고, 반대로 증상은 그리 심하지 않아도 아이가 잘 안 먹고, 잘 안 놀고 그냥 늘어져만 있으면 병원에 방문하여 진찰을 받아보시는 것이 좋겠습니다. 또한 아이들은 경미한 감기에도 금방 열이 오르는 경우가 있는데 제 경험상 열이 오르면 수분을 충분히 섭취하는 것이 큰 도움이 된다고 생각합니다. 열이 오르면 해열제의 적절한 사용과 더불어 소변을 자주 볼 정도로 물을 많이 마시게 하는 것을 꼭 잊지 마세요.

육아를 책임지는 아빠의 경우는 무엇보다도 근골격계 질환이 문제가 되는 것 같습니다. 육아휴직 아빠도 경험하셨던 것처럼 육아로 인한 손목 통증, 허리통증 등이 자주 발생하게 되지요. 이를 예방하려면 평소에 근력운동과 유연성운동을 충분히 해두는 편이 좋을 것 같습니다. 추가해서 바쁜 육아 중 불규칙한 생활 패턴으로 인한 위염, 소화불량 등의 위장질환도 무시할 수 없겠지요. 규칙적인 식사와 함께 한꺼번에 많은 양을 빨리 먹는 식습관을 피하는 것이 도움이 될 것으로 생각합니다.

아래는 육아휴직 아빠가 여쭤 보신 몇몇 질문에 대한 답변입니다.

Q 왜 약은 3일치만 처방하나요?

A 약을 보통 3일치 처방하는 이유는 일반적으로 3일 정도가 약효에 대한 충분한 경과 관찰 기간이기 때문입니다. 그러나 고열이거나 경과를 단축해서 진찰 해야할 필요가 있을 경우는 2일 이내로 짧게 처방하는 경우도 있지요. 반대로 비염, 아토피 피부염 등 만성적인 질환 상태의 경우는 3일 이상 길게 처방하기도 합니다.

Q 3일 약을 먹었는데 왜 병이 완전히 낫질 않지요?

A 3일 약을 먹었는데 증상이 호전되지 않으면 병원에 재방문하여 진찰을 받는 것이 좋습니다. 아이들은 금방 다른 질

병 형태로 악화되는 경우가 종조 있기 때문이지요.

Q 3일 이후 다른 병원에 가도 되나요?

A 네, 불가피하게 다른 지역에 계시거나 약을 처방대로 복용하였는데도 오히려 증상이 악화된다면 보다 나은 검사 및 입원 시설이 구비되어 있는 소아전문병원으로 가보시는 것도 좋겠습니다. 이 경우 복용 중인 처방전을 가지고 가시는 것을 꼭 잊지 마세요.

Q 의사는 환자에게 어떤 말을 듣고 싶나요?

A 진료 중에는 정확하고 요약된 병력을 말씀해주시면 좋겠고, 진료 후에는 따뜻한 감사의 말 한마디 해주시면 더 바랄게 없겠지요.

Q 아이가 열나면 바로 해열제를 먹여야 하나요?

A 열이 나면 해열제를 먹이는 것이 좋다고 생각합니다. 우선 열이 좀 내려야 아이가 편안해지고, 해열제 복용만으로도 병원에 가지 않고 문제가 해결되는 경우도 많으니까요.

Q 약 안 먹는 아이는 어떻게 해야 하나요?

A 약을 처방대로 먹은 상태를 전제로 경과 관찰을 해야 하는 경우도 있습니다. 인터넷에 유용한 정보가 많으니 참고하시고, 가능한 한 어르고 달래서 잘 먹여보세요~

감사합니다! 의사선생님!

6. 기타 정보

1.   유모차

우리 집은 첫째와 둘째가 있는 아이 두 명이 있는 집이다. 첫째는 5살이었고, 둘째는 2살이었다. 어른 한명이 아이 둘을 한꺼번에 데리고 다닐 일이 없지 않아 있다. 이때 도구가 간절한데, 사람들은 이런 경우를 생각해 여러가지의 도구를 생각해냈다. 바로 유모차이다.

여러 유모차가 있고, 그중 여러가지 종류의 유모차를 써보고 후기를 남겨본다.

유모차를 선택할 때 다음을 알아보자.

아이들이 의외로 빨리 큰다는 것을 항상 감안해야 한다. 유모차 선택의 큰 룰은 절대 큰 유모차를 사지 않는다. 크면, 차에 넣기도 힘들고, 보관하기 힘들기 때문이다. 보관이 쉬우면 큰 유모차를 사용해도 된다. 차에 많이 접어 넣는 경우는 큰 유모차는 지양하기 바란다. 첫째가 커서 둘째를 시샘 한다는 것도 항상 유념해야 한다. 동일한 좌석 모양의 유모차가 의외로 부모의 정신 건강에 좋을 수 있다.

2인용 유모차

나이 터울이 작을수록 2인용 유모차의 활용 가능성이 커진다. 2인용 유모차는 직선형이 있고, 가로 형이 있다. 직선형은 대부분 직진성이 강해, 앞으로 잘 가고 크고 튼튼하다.

가끔 방향 전환이 어려운 유모차가 있으니 꼭 시승을 해보자. 직선형 중에 앞 좌석/뒤 좌석이 나눠져 있는데, 첫째 둘째가 원하는 위치가 매번 다를 수 있으니 탈 때마다 확인해보자. 가로형은 아이들이 동일한 좌석 중 왼쪽 오른쪽만 고르는데, 팔을 벌려서 유모차를 운전해야 하므로, 체력 소비가 클 수 있고, 앞으로 이동이 원만하지 않을 수 있으니 시승해본다.

1인용 유모차

첫째가 걷고, 둘째가 걷지 않을 경우, 둘째를 위한 유모차가 있을 수 있고, 첫째도 유모차를 타고 싶어 할 경우, 어쩔 수 없이 유모차를 타야 할 경우 1인용 유모차가 2대 있을 수 있다. 첫째 때는 어렸을 때부터 너무 소중한 아기이기 때문에 디럭스 유모차를 이용했다. 하지만 아이가 커갈수록, 디럭스 유모차가 점점 필요 없어짐을 확인할 수 있었다. 첫째의 두번째 유모차는 절충형 유모차로, 그나마 꽤 많이 접히는 것으로 결정했었다. 아이가 늦게 걸어서 유모차를 꽤 오래 이용했다. 디럭스급이나, 절충형이나, 아이가 커도 이용을 잘 할 수 있도록 하중 제한이 높다.

둘째는 첫째의 유모차를 물려받아 이용했는데, 디럭스급은 건너 뛰고, 절충형으로 시작했다. 절충형으로 시작하여, 점점 첫째가 잘 걸어, 유모차가 하나만 필요한 시기가 되었다. 이때 휴대용을 구입했다. 둘째는 첫 돌 까지만 절충형, 그 이후에는 휴대용을 사용하였다. 둘째가 걸을 수 있고 난 후에는 휴대용 유모차도 그렇게 많이 사용하지 않게 되었다.

휴대용은 가볍고, 비행기에도 들어갈 수 있는 것을 선택하면 요긴하게 사용할 수 있다.

자동차와 유모차의 궁합이 또한 중요하다. 유모차를 잘 접어서 자동차에 쏙 넣을 수 있는지, 자동차에 놓고 공간이 얼마나 남아있는지 확인하면서 유모차를 운용하면, 산책상황이나 다른 상황에 유용하게 사용할 것이다.

2. 목적지 편

오전 산책이나, 오후 산책을 갈 때, 어디를 가야할 지 모를 때가 있다. 목적지가 생각날 때도 있는데 과연 아이와 같이 갈수 있을지 생각해봐야 하기도 한다. 여러가지 목적지를 상상 전에, 아이와 갈 수 있는 목적지를 정리해보았다.

마트 가기

마트는 언제 가도 재미있다. 걷지 않을 때 및 걸을 때 모두 이용할 수 있는 마트이다. 아기띠를 이용해서도 갈 수 있다. 아기띠를 이용하면 무거운 짐은 들지 못하니, 사고 싶은 것을 적게 골라야 한다.

아기띠를 이용할 시기가 지났으면, 카트의 아기가 앉을 수 있는 곳에 아기를 앉힌다. 유모차와 카트를 동시에 이용할 수도 있지만 어른이 두 명 일 때만 유용하다. 유모차만 이용할 때는 유모차의 짐 싣는 곳의 부피만큼 장을 볼 수 있다. 카트를 이용하면, 카트의 부피만큼 장을 볼 수 있다.

마트에서는 여기저기 과일/채소/해산물을 보면서 놀이를 한다. 과자코너에서 여러가지 유아 캐릭터들을 보면서 지나간다. 먹을 것을 직접 아이가 고르기도 한다.

계산을 하고 나서, 자동차로 돌아와서 가장 머리를 써야 하는 코스는 바로 짐과 아이를 차에 싣는 것이다. 아이를 먼저 카시트에 앉히고, 간단한 간식을 준다. 그리고, 장본 물건들을 트렁크에 싣는다. 카트는 원래 자리에 놓아야 하지만, 아이의 안위가 정 불안하면, 카트는 그 자리에 두고 와야 한다. 아이가 먼저인 것을 항상 생각해야 한다.

집에 도착해서 자동차에서 아이와 짐을 꺼내 이동할 때도, 아이를 먼저 생각하면서 이동한다. 짐을 옮기다가 아이가 다치지 않도록 신경 써서 옮겨야 한다.

공공시설가기

찾아보면 박물관이 꽤 많이 있다. 박물관은 싼 가격과 여러 가지 정보를 얻을 수 있는 좋은 장소이다. 넓은 공간과 함께 아이와 데이트 하기 딱 인 장소이다.

주중 낮에 가면, 사람이 거의 없어 즐거운 박물관 견학을 진행할 수 있다. 오전에는 단체 견학이 많아, 오후에 가는 것을 추천한다. 미술관도 아이가 울지 않도록 배를 채워서 가면 아이도 미술을 잘 감상할 수 있으니, 아이가 울지 않는 시간에 가도록 해보자.

공공시설중에 가장 많이 간 곳이, 육아종합지원센터이다. 이곳에선 장난감도 빌릴 수 있고, 영유아를위한 놀이체험시설도 있다. 주로 놀이체험시설을 이용하러 갔으며, 1시간 반~2시간동안 아이가 지치지 않고 열심히 놀 수 있는 놀이시설이 준비되어 있다. 물론 이용료는 아주 저렴하다. 주말에 가면 사람이 많으니, 주중 오후에 가도록 해보자. 오전은 단체 사용이 많다. 집과는 다른 넓은 놀이시설이 아이를 매료시키며, 평소 보지 못했던 장난감이 아이의 뇌가 반짝반짝 하도록 만들어준다. 아이가 아빠를 찾지 않을 정도로 잘 놀 것이나, 안전을 위해서는 아이 옆에 항상 붙어 있자.

상업시설가기

상업시설엔 베이비카페, 캐릭터 카페 등이 있다. 베이비카페/캐릭터 카페는 입장료가 있고, 보통 음식은 따로 계산한다. 입장 후 제한 시간이 있고, 추가시간에 대하여 추가 결제를 하니, 시간 계산을 잘 해야 한다. 상업시설에 가면, 아이가 좋아하는 놀이가 많이 있다. 최근 트렌드인 최신식 정글짐, 미끄럼틀, 볼풀장, 나무조각 놀이, 장난감도 많이 있다.

주말에 가면 사람이 많으니, 주중에 가도록 해보자. 주중 오전보다는 오후를 추천한다. 오전에는 역시 단체 이용이 있을 수 있다. 사람이 많으면, 어린 아이일수록 치일 확률이 크기 때문이다. 마음껏 놀게 하는 취지에서는 이용하는 사람이 적은 것이 당연히 좋지 않을까 생각된다.

공원

공원을 유유히 거닐어 다니는 것 또한 육아휴직의 백미이다.

공원에는 보통 사람이 바글바글 하지 않다. 유모차를 밀거나, 아이가 걸으면 아이와 함께 손을 잡고 걸어 다녀 보자. 공원에서 들리는 소리, 공원에서만 볼 수 있는 풍경을 보면서, 육아휴직을 즐겨보자. 하늘에 날아다니는 새를 관찰해보거나, 구름을 보면서 아이와 함께 걷기만 하는 것도 좋을 것이다.

한 때 유명했던 광고 문구가 생각난다.

또다른 세상을 만날 때는 잠시 꺼두 셔도 좋습니다. (핸드폰은..)

커피를 파는 일반 카페

본인이 커피를 즐기지 않기 때문에 일반 카페는 단 1회 가보았다. 정말로 배가 고파서 갔다. 카페가 뜨거운 커피가 왔다 갔다 하고, 식탁도 높고, 아이에게 맛있는 음식을 잘 팔지 않기 때문에 저절로 카페는 잘 가지 않게 되었다.

서점

책이 많이 있는 것을 보여주러 한번 가보았다. 책만 많고, 두 살짜리 아이가 읽을 만할 책은 별로 없다. 사실 두 살짜리 아이는 책을 보지 않고 가지고 논다. 서점 또한 사람이 은근히 많다. 아이가 울면 다른 사람들에 폐를 끼칠 수 있으니, 용건만 간단히 하고 나오는 게 좋을 것 같다.

자동차 판매점

여러 종류의 자동차 판매점에도 가봤다. 아이가 차를 좋아해 서보다, 차보다 운전석에서 버튼을 누르는 것을 좋아해서 여러 차에 앉아서 노는 시간을 가져보는 것이다. 이때 영업 사원에게 양해를 구하는 것을 먼저 해보자. 사실 차를 구매하기 위한 목적도 있었지만, 아이와 같이 시간을 보내는 것도 부 목적이었다. 아이와 차를 함께 타도 되는지, 아

이랑 같이 차를 봐도 되는지 확인해야 한다. 시승은 사실
좀 어렵다. 카시트를 시승차에 설치해야 하지만, 영업쪽에서
는 번거로운 일이라는 것은 사실이다. 차를 보고, 차의 감성
을 아이와 함께 느끼는 것 까지만 해보자. 카탈로그를 받아
오면 집에서 열심히 보고, 다보면, 아이들 장난감이 되어버
린다. 자동차 있는 부분만 오려, 모자이크 놀이도 하고, 자
연스레 색깔 놀이도 할 수 있는 멋진 도구가 되어준다.

**그림 56 어떻게 알고 제일 비싼 차에만 타보려고 하는 둘
째.**

3. Fast food

아이와 함께 fast food 점에 가본 적이 있다. 첫째를 어린이 집에 등원시키고, 오늘 하루를 어떻게 보내야할까 정말로 고민이 되던 날이었다. 아침에 일찍 일어나 배가 출출한 참이었다. 차를 몰고 무작정 M도날드로 향했다. 사실 아침이면 식당이 연 곳이 그리 많지 않고, 먹을 곳도 많이 없다. 아침 메뉴를 판매하고 있는 M도날드로 무작정 길을 향했다.

M도날드에서 주차를 하고, 아이와 함께 안고 들어가서 주문을 시작하였다. 모닝 메뉴, 우유, 감자브라운을 주문하고 기다렸다.

의자에 앉아 어떤 신기한 것이 있나 아이와 함께 둘러본다.

둘러보는 사이가 5분 남짓, 번호가 들린다. 1000번 손님, 주문하신 메뉴 나왔습니다.

아이를 안고, 한 손으로 식판 트레이를 들고, 자리로 돌아온다. 감자브라운을 쪼개서 아이와 함께 먹는다. 모닝 버거는 빵만 뜯어서 아이에게 준다. 내가 먹을 것으로 샀지만, 아이가 대부분 먹는다.

냠냠 쩝쩝.

지하철 샌드위치점(써-웨이)도 간 적이 있다.

마찬가지로 빵만 뜯어서 주었다. 안에 채소는 아이가 싫어하고, 햄이나 치즈를 주기에는 아직 어리다고 판단해서 말이다.

빵을 뜯어주면서 나는 반대쪽을 한쪽 물어 먹는다.

 아이와 fast food점 가기는 어렵지 않다. 다만 먹는 것을 제대로 제한 시켜주면서 아빠도 재빨리 먹는 다는 것이 단점이다.

아이는 아빠가 먹는 것을 유심히 쳐다본다.

아빠가 먹는 것을 아이와 함께 나누어 먹을 수 있는 매장이면 어느 Fast food 매장을 가도 두렵지 않을 것이다.

아침에 심심한 시간을 때울 수 있는 장소를 제공할 수 있는 Fast food 매장 만세!

4. 아빠의 자유시간 (낮/밤)

육아휴직 아빠의 퇴근 시간은 언제 일까?

어느 날 문득 이 생각을 해보니, 퇴근 시간이 없는 것이다. 육아 퇴근.

난 언제 출근하고 퇴근하는 것인가? 다시 한 번 따져보았다.

출근은 아이가 일어나자 마자, 아빠가 눈을 뜨는 그 순간부터, 육아 출근이다. 육아 퇴근은 아이들이 밤에 지쳐 쓰러져 잘 때가 육아 퇴근이다.

둘째가 수유 중일때는 가끔 새벽에 일어나 새벽 업무를 진행한다.

과연 아빠는 자유시간을 가질 수 있을까?

낮에는 둘째가 자는 1시간~3시간 사이에 마음껏 자유시간을 누려야 한다. 게임/책/PC 등 조용히 해야 한다. 핸드폰 게임을 즐기기 위해 이어폰을 끼고 한다면, 한쪽 귀만 껴야 한다. 책은 책 넘기는 소리도 조용이 해야 하고, PC를 즐기려면, 키보드 소리를 최대한 제한하고 즐겨야 한다. 마우스 클릭하는 소리도 신경 쓰인다.

밤에는 가족 모두가 자는 시간이 자유시간이다. 일어나면 정말로 자유 시간인데, 자다가 다시 일어날 수가 없다.

9시~10시 사이에 취침해서 새벽 1시에 일어나는 경우도 있다. 새벽 1시부터 새벽 3시까지 자유 시간을 가지고 다시 잠에 든다. 가끔 새벽 3시에 일어나는데, 이러면 다시 자야 한다. 오늘의 자유시간은 끝났다.

10시까지 아이들과 같이 누워있다가, 졸린 상태를 버티면서, 참는 경우도 있다. 이러면 정말 졸음을 참아낸 내가 대견하다. 오늘은 10시부터 새벽 2시까지 자유시간이다. 야식도 먹을 수 있다.

자유시간을 즐기면 다음날은 조금 피곤하기도 하다. 둘째가 잘 때 나도 같이 자서 체력을 회복한다.

5. 놀기

12개월에서 24개월 아이와 노는 법은 다양하다.

그림 그리기

연필쥐기: 연필을 쥐기 시작하면 어디든지 그리려고 한다. 벽, 스케치북, 책, 다행히(?) 우리 집은 벽면이 낙서가 가능한 집이었다. 벽지는 연필로 쓱싹쓱싹 그려진 난해한 회색 곡선으로 채워져 있다. 남들이 집에 오면 깜짝 놀라지만, 그런 가보다 한다. 한 때가 있어서 매일매일 낙서하지 않고, 집중적으로 낙서를 한다. 그 시기가 지나면 다른 놀이를 한다.

물감놀이: 물감 놀이가 아니고, 붓으로 물을 칠하는 물놀이라고 생각하면 된다. 큰 스케치북과 물 조금, 물감이 있는 팔레트를 준비한다. 물은 쏟을 수 있으니, 물감을 풀 정도의 약간의 물만 있으면 된다. 붓을 물감에 묻히고 스케치북에 그릴 수 있으나, 자기 몸에 그릴 수 있음을 인지하고 있어야 한다. 손바닥에 물감을 묻혀, 손바닥 물감 놀이로 발전할 수 있는 가능성이 있다. 물감 놀이를 하고 나면 샤워/목욕을 다음 차례에 한다고 생각하자.

책 읽기

24개월이 가까워지면, 책 읽기(듣기? 그림보기?)에 심취한다. 아빠는 아이를 옆에 두거나, 무릎 위에 앉혀 책을 읽는다.

아이의 책은 얇기 때문에 금방 읽는다. 시리즈 물이 있으면, 오래 오래 읽어줄 수 있다. 읽다가 아빠의 졸음이 올 수 있으니, 주의하자.

장난감 가지고 놀기

장난감 가지고 역할놀이를 하는 것은 언제나 재미있다. 자동차 장난감 놀이, 모양 맞추기 놀이, 기차연결하기 놀이를 주로 진행한다. 기찻길 연결하기 장난감이 있어, 꽤 집중력이 있는 놀이를 진행하면, 아이가 몰입하는 시간을 가질 수 있다.

화장실에서 물놀이하기(목욕이 아님)

더운 여름에 세면대 앞에, 의자를 가져다 놓고, 아이를 올려놔보자. 세면대 수전을 열었다 닫았다 하면서, 물을 사용하는 아이의 귀여운 모습을 볼 수 있다. 손도 씻고, 비누도 만져보고, 장난감도 샤워시키고. 1시간동안 계속 놀 수 있을 것이다. 물값이 좀 나오겠지만, 키즈 카페 가는 것보다 저렴할 수 있다.

아이에게 물놀이는 언제나 재미있는 놀이란 것을 명심하자.

몸놀이하기

시간이 잘 지나가지 않을 때 아이를 간지럽히고, 숨바꼭질을 하고, 잡기 놀이를 해보자. 웃음이 가득 찬 집을 느낄 수 있을 것이다. 배밀이 또는 기어 다닐 때 잡기 놀이를 하면,

느리게 도망가는 모습이 너무 귀엽다.

봄에 놀기

봄에는 단연 꽃놀이다. 꽃이 있는 곳에 아이를 데려가 같이 산책해보자. 떨어지는 꽃잎을 보며 육아휴직을 즐기자.

여름에 놀기

에어컨이 있는 집안에서 어떻게 하면 신나게 놀까 생각해본 다. 집에서 에어컨을 틀면 답답하니, 시원한 공공시설에 자 주 놀러가본다. 육아종합지원센터가 참 시원하고 좋았다. 너 무 에어컨 바람만 쐬면 냉방병에 걸릴 위험이 있으니, 낮에 뜨거운 열기에도 적응시켜 본다. 아침 저녁으로 나가서 선 선한 바람을 쐬어보자. 아이들과 함께 저녁때 매일 밖에서 놀았던 기억이 있다.

가을에 놀기

낙엽을 밟게 해주는 공원에 주로 갔다. 도토리를 주울 수 있는 수목원에 특히 많이 산책을 갔다. 높은 하늘과 떨어지 는 잎사귀들을 보며, 봄과 여름을 되돌아본다. 이 때 둘째가 본격적으로 걷기 시작한 시기라서, 체력적으로도 많이 회복 을 한 시기였다. 날씨가 선선 해지니, 여벌 옷을 챙겨 다니 자.

겨울에 놀기

반달곰이 동굴에 들어가 겨울잠을 자듯이, 육아 휴직한 아빠와 아빠가 키우는 아이도 집에서 겨울잠을 잘 준비를 한다. 해도 짧아지고. 나가지도 못하고. 나갔다가 환절기 감기에 걸린다. 호흡기를 따듯하게 유지시켜 아프지 않게 해줘야 한다 (마스크/목티). 주로 집에서 놀고, 따뜻한 난방이 되는 공공기관 / 박물관을 가보자. 집에서 겨울잠만 자지 말고, 많이 걸을 수 있는 곳을 찾는 것이 관건이다.

아기와 언어 소통

여기는 BC10000...

그림 57 아이와 집에서 놀아줄 때의 한 장면을 그려보았다. 아이가 옹알이를 할 때 어른이 따라해주면 언어영역이 빨리 발달한다고 해서 아빠가 같이 옹알이를 해주는 장면이다. 같이 옹알이를 하면, 집에서 옹알이하는 소리만 난다. 옹알이 소리만 나면 여기가 21세기인지, BC100000인지, 구분이 어려운 것이 사실이다.

6. Restaurant = 외식

Fast food 점에 아이와 잠깐 간 것을 제외하면 둘째와 첫째를 데리고 외식을 한 적이 손에 꼽는다.

그림 58 과연 식당에서 먹는 것이 이득일까?

외식을 하게 되면 무엇보다 신경이 쓰이는 게 많다. 먼저, 둘째는 아직 큰 아이처럼 먹지 못해, 사방팔방 어지르면서 먹는다. 소금 간도 일반적으로 많이 들어가기에 음식도 신경이 쓰인다. 가족과 다 함께 외식을 간 적도 있지만, 아빠 혼자 아이 둘을 데리고 외식한 적도 있다. 둘째만 데리고 점심시간에 외식한 적도 있다.

아이가 국수 면발을 좋아한다. 아빠는 짜장면을 좋아한다. 중국집은 모두의 Favorite이다. 육아휴직 중 지루한 점이 없지 않아 있다. 사람들이 회사에서 밖으로 나오는 점심시간에, 아빠도 동참한다. 밥을 좀 든든하게 먹이고, 간식으로 중국집에 간다. 짜장면을 시켜놓고, 면을 일부 잘라 아이에게 주고, 아빠는 짜장면을 흡입한다. 아이가 장난을 마칠 때면, 아빠도 짜장면을 배부르게 다 먹고 후식을 기다린다.

아빠 홀로 아이를 둘 데리고 외식도 할 수 있다. 이 때 중요한 것은 아이들이 자리에서 잘 기다리는 것과 잘 먹는 것이다. 빨리 나오는 음식을 시키는 것도 관건이겠다. 아무래도 아이들과 먹으니 시끄러울 테니, 사람들에게 너무 큰 피해를 끼치지 않으면서 잘 먹고 나오자.

간간히 외식을 하는 것은 육아휴직에 도움이 된다. 아이의 입맛에 맞추어 살다 보면 끓어오르는 매운맛, 짠맛, 단맛이 느껴질 때가 있다. 아이들에게는 아이들 음식, 어른들에게는 어른들 음식을 먹을 수 있는 뷔페도 좋지만, 마음대로 먹고 싶은 것을 먹을 수 있는 그런 시간 또한 좋을 것 같다.

중요한 것은 외식을 가면, 안전이 먼저다. 익숙하지 않은 식기와 그릇이 있으니, 깨지기 쉽다. 그릇도 깨지고, 가끔은 뜨거운 음식도 나오니, 아이가 뜨거운 그릇에 데이지 않도록 해야 할 것이다.

맛있게 음식을 먹고 나면, 깨끗이 뒷정리를 하는 것도 잊지 말자. 가끔 아이랑 왔다는 면목 아래에 폭탄을 터뜨리고 오는 사람이 있는데, 아이가 있는 입장에서 아이가 가만히 있지 않는 것은 당연하지만, 그것을 가만히 놔두는 어른은 당연하지 않게 느껴질 때가 있다. 뒷정리는 언제나 하고 외식

을 끝마치고, 외식을 할 수 있게 도와준 모든 사람들에게
감사함을 느끼며, 식당을 나서자.

7. 무료함과 싸우기

가끔 비가 오거나, 너무 덥거나, 집안일을 빨리 끝냈을 때, 집에서 못나가는 경우가 있다. 아이는 놀아 달라고 떼쓰고, 또는 안아 달라고 떼를 쓰는데, 적막만이 흐르는 경우가 있다. 이 때 분위기를 반전해야 흥이 나서, 좀더 즐겁게 육아 라이프를 즐길 수 있다.

본인이 분위기 반전하는 법은 다음과 같다.

음악듣기

음악을 듣기 위해서 좋아하는 음악을 찾기보다, 남에게 부탁한다. AI 스피커가 대중적으로 많이 시판되고 있기에, 하나 설치를 해 두었는데, 꽤나 유용하게 사용했다.

기분에 맞춰서 음악을 틀어주세요, 하면

락, 재즈, 클래식, 동요 중 추천해서 틀어준다. 아이와 같이 있다고 해서 동요만 들을 수 없다. 가끔은 Heavy metal 이나, Rock 을 주로 들었다. 아이는 물론 동요에 더 좋아하는 반응을 보인다. 아이가 잘 놀고 있을 경우에는 아빠가 듣고 싶어하는 음악을 들어, 아빠의 취향을 알려주기도 한다.

동요만 들으면 아빠의 정신은 더욱 피폐해질 뿐이다. Death heavy metal 만 피하면서, 아빠가 원하는 노래를 크게 틀어 아이와 같이 춤을 추기도 하고, 노래도 따라 불러보자. 아이도 곧 따라 부르는 모습을 볼 수 있을 것이다.

몸놀이

아이가 울면 몸 놀이를 못하지만, 아이가 잘 놀고 있는데, 안아 달라고 하는 경우, 아빠가 좀 힘들다. 이럴 때는 아이를 간지럽혀서 아이를 웃게 만든다.

간지럽히기 놀기는 언제나 재미있다. 겨드랑이, 배, 발바닥, 허벅지를 집중 공략한다.

입으로 배에 방구를 끼면 그것도 좋아한다. 도망가면 잡기 놀이를 한다.

분위기 전환이 웃음으로 마무리되면, 좀 힘이 난다. 물을 한 잔 마시거나, 간식으로 몸과 정신에 휴식을 주도록 해보자.

무료 할 때는 무료한 것을 즐기기도 해보자.

8. 음식편

아이와 단 둘이 있을 때 간식을 주어야 할 때가 있다. 아이가 집중을 잘 하는 음식을 몇 가지 알아본다.

사과: 처음에는 사과를 갈아서 숟가락으로 떠먹여 주었다. 사과를 갈아서 주니 아이는 잘 받아먹는다. 나중에는 포크에 사과를 꼭 찍어서 먹게 된다. 사과를 크게 잘라서 포크에 물려 놓으면, 아이가 사과를 다 먹을 때까지 아빠는 좀 여유가 생긴다. 사과의 달콤하고 아삭한 맛이 아이의 두뇌를 발달시킬 것 같다.

귤: 귤을 씻어서 귤을 껍질째 주면 아이가 껍질을 잘 깐다. 껍질을 까고, 귤을 하나씩 떼어먹는 모습이 참 귀엽다. 귤 껍질이 잘 까지는 종으로 아이에게 주면, 아이도 좋고 아빠도 좋다. 귤이 크니 반절 잘라서 주면 더 좋을 것 같다. 손으로 귤을 까는 행동이 아이의 두뇌를 발달시킨다.

딸기: 아이가 매장에 딸기가 있으면 손을 뻗고, 딸기를 가지고 가자~ 하고 소리를 지른다. 온 매장이 떠나갈 정도로 크게 운다. 딸기를 손에 쥐어 줘야 매장에서 나올 수 있었다. 집에서 딸기를 씻어주면, 순식간에 먹는다. 너무 순식간에 먹어서, 딸기를 마치 사오지 않은 것 같다. 포크로 콕 찍어 먹는 스킬이 딸기로 인하여 크게 발달하였다.

씨리얼: 아이가 손으로 집어먹는 Finger food 중 나도 좋아하고 아이도 좋아하는 음식이다. 코코볼류, 옥수수류, 곡물

류 등이 있다. 아주 작은 손가락으로 하나 하나 집어먹는 모습이 아이의 소근육 발달을 가속한다. 다 먹고 나면 또 달라고 한다. 아빠가 좀 나눠 달라고 하면 싫어한다.

과자: 여러 아이들을 위한 과자들이 많다. 봉지에 들어있는 것도 있고, 낱개로 포장되어 있는 것도 있다. 보통 봉지에 들어 있는 것을 깨지지 않는 그릇에 담아주면, 그릇을 들고, 요리조리 돌아다니면서 먹는 모습을 볼 수 있다.

요구르트: 빨대를 콕 꽂아 먹는 요구르트를 가끔 준다. 껍질을 자기가 떼고 싶을 때도 있고, 빨대를 자기가 꽂고 싶을 때도 있고, 아이의 요구가 수시로 바뀌는 모습을 확인할 수 있는 간식이다.

요거트: 처음에는 요거트를 주면 숟가락으로 사방을 칠갑을 해 놓았는데, 시간이 지날수록, 숟가락으로 요거트를 떠서 입안에 가져가는 모습을 확인할 수 있었다.

감자튀김: 드라이브 스루로 감자튀김을 주문했는데, 자고 있는 아이에게 바스락 걸리는 소리에 걸려 감자튀김을 둘째에게 넘길 수 밖에 없었다. 앞 좌석에서 하나씩 골라 뒷좌석에 있는 아이에게 하나씩 나눠주던 감자 튀김이 있다. 집에서 먹어도 맛있고, 차에서 먹어도 맛있는 감자튀김이다. 감자를 시킬 때는 소금을 뿌리지 말라고 부탁하면 no-salt 감자튀김을 즐길 수 있다.

수박: 아이가 수박을 너무 좋아해서 수박 반쪽을 숟가락으로 파먹고, 국물을 들이켜 마시던 사진이 있다. 어떤 식으로

든, 아이가 과일을 체험하게 먹게 하면 과일의 맛을 알고, 기억에 남으니, 여러 과일을 사줘 보자.

바나나: 처음에는 껍질을 까서 바나나 속만 잘라서 그릇에 담아 주었는데, 나중에는 껍질을 까지 말고 달라고 한다. 자기가 껍질을 까면서 먹는 모습을 볼 수 있다.

빵: 맛있는 빵집에 가서, 빵을 하나 사서 나눠주면 잘 먹는다. 혼자서 손으로 뜯어 먹기도 하고, 베어먹기도 한다. 빵집에 온 것은 어떻게 그리 잘 아는지, 이 빵 저 빵 다 먹고 싶어한다. 대전의 유명한 빵집에 가면 시식을 할 수 있는데, 시식용 빵을 을 하나 빨리 집어 달라고 애원하는 아이의 모습을 확인할 수 있다.

9. 바디 랭귀지

말못하는 아이들과 있으면 아무래도 의사소통에 문제가 있다. 아이가 뭘 원하는지 아이가 알려주면 참 고마울 것 같다는 생각을 수없이 한다. 돌이 지나고, 아이가 안녕~ 손을 흔들 시기가 되면 바디 랭귀지를 교육시킬 수 있다는 책을 발견했다.

이 책을 우연찮게 아이와 함께 보면서 하나씩 하나씩 어떻게 의사소통을 하는지 서로 배울 수 있었다. 물을 마시고 싶을 때, 간식을 먹고 싶을 때, 뜨거운 음식이 왔을 때, 간단한 body language를 알려준다.

아이가 모든 몸 언어를 다 습득을 하는 것은 아니지만, 이중에 하나라도 아이가 습득을 하면, 아이와 의사소통이 수월 해진다.

우리 둘째는 물을 마시고 싶다는 표현을 학습했다. 그래서 물을 마시고 싶으면 몸으로 표현을 해서, 아이가 원하는 것을 알려주었다.

아이가 말을 늦게 깨우칠 때도 유용할 것 같다는 생각이 든다. 우리 둘째도 24개월이 지나도록 말을 시작하지 않지만, 누나와 어른들이 하는 말은 다 알아듣고, 세세한 단어도 다 알아듣는다. 단어 카드를 여러 장 보여주고, 특정 그림을 집으라고 하면 다 집는데, 왜 말은 하지 않을까?

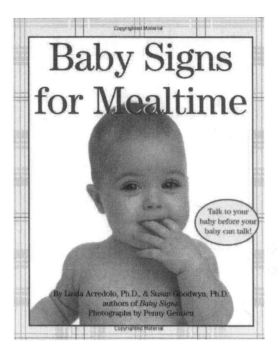

그림 59 꽤 도움이 되었던 책이다.
(https://www.amazon.com/Baby-Signs-Mealtime-
Harperfestival/dp/0060090731)

난 멋있어

응애~ 졸려~

자동차 태워줘~

응애~

안아줘~

잘때까지 자동차 태워줘~~

아이고 아빠 모르겠다~

응애~

계속 울거야~

그래 네가 이겼다~

차에서 잘때까지 밀어줄께

그림 60 바디 랭귀지: 온몸으로 표현하는 바디 랭귀지도 있다. 자기의 의사를 표현하는 것은 언제나 중요하다. 잠을 자기 싫어하는 것도 온몸으로 표현하는 우리 둘째였다.

10. 둘째 기저귀 훈련 /배변 훈련

둘째가 언젠가는 어린이집에 가야할 텐데, 소변 배변 훈련을 끝내고 갔으면 좋겠다는 소망이 있었다. 두 돌도 지났고, 말귀도 알아듣고.

앞으로 행동만 가려줬으면 하는 소망에, 무작정 화장실 적응 훈련에 들어갔다. 휴직이 끝나기 전 3 개월 전이었을 무렵이었다.

준비물은 꼬마 변기.

그리고, 여러 장의 팬티.

마지막으로, 영상 학습을 위한 동영상.

아마도 모두들 아는 캐릭터로 영상 학습을 먼저 시작하였다.

화장실에 가려면 팬티를 벗고, 변기에 앉아. 쉬를 싸거나 응가를 하는 그런 절차를 영상으로 학습을 한다.

영상 학습 후에는 준비물을 보여준다. 꼬마 변기와, 팬티. 기저귀는 이제 잘 때만 차는 거라고 알려준다.

사실 화장실 훈련을 하기 전부터, 기저귀 차는 것을 싫어했다. 이런 관심을 보일 때가 학습을 하기 최적이라고 여러 서적에서 확인하였다. 호기심이 생길 때, 가장 학습 능력이 좋지 않나.

그리고 실습을 한다.

응가 할 때, 쉬 할 때.

응가를 기저귀 에다 하기 전에 나오는 특유의 얼굴 신호나 몸 신호를 잘 파악해야 한다. 그렇지 않으면 응가가 미리 나와있거나, 응가가 바닥에 흘러내리는 사태를 맞이할 수 있다.

배가 아프다는 신호를 보내면 얼른 기저귀와 바지를 벗기고, 꼬마 변기에 앉힌다.

이것을 여러 번 진행했다. 이 과정이 쉽진 않다. 바지에도 쌀 때도 있고, 바닥에도 쌀 때도 있고, 내 몸에 쌀 때도 있다. 점점 기저귀를 차지 않고 벗겨 놓을 무렵에는, 내가 딴짓 하고 있는 사이에, 혼자 바닥에 싸놓고, 알려주기까지 했다.

하지만, 학습이란 반복이다. 여러 번 반복하면, 아빠가 좋아하고, 자기도 편한 것을 알려주어야 한다.

변기에 앉아서 하면, 자기 몸에 응가가 덜 묻고, 엉덩이도 더 쉽게 닦을 수 있다 라는 것을 지속적으로 알려주었다. 어떻게 알려주었냐 하면, 말을 여러 번 해서 알려주었다.

어느 날 기적같은 일이 벌어지긴 보다. 학습한 효과를 결과로 보여주었다. 둘째가 혼자 팬티를 벗고, 변기에 앉아 응가를 했다. 너무나 기특하고 기뻐서 크게 안아주고 뽀뽀해주고, 칭찬을 가득 해주었다.

그 다음에는 바닥에도 싸고, 팬티에도 싸고, 그랬지만, 점차 변기에 앉아 볼일을 보는 횟수가 증가하였다. 그때마다 빅 칭찬을 해주어, 아이가 마음이 편하도록 해주었다.

응가는 완전히 학습이 되었다.

이제는 쉬를 해야 하는데, 쉬는 맘대로 되지 않는다. 응가보다 힘을 덜들이고, 시도 때도 없이 나오기 때문에, 자기도 조절을 하는 것을 망각하는 분위기다.

그저 기다릴 뿐이다.

가끔 영상 학습을 하거나, 남이 하는 것을 보여준다.

첫째는 어른 변기에, 꼬마 방석을 장착하고, 응가와 쉬를 완벽하게 하는 모습을 보여주기도 하고, 아빠도 어른 변기에서 쉬하고, 응가하는 모습을 보여주고, 엄마도 가끔 보여주고, 하면. 자기도 꼬마 변기에 응가와 쉬를 하는 경우가 있다. 응가와 쉬를 못 가린다고 혼내지 말고 꾸준하게 지켜봐 주는 것이 필요한 것 같다. 배가 아프다고 하면 배가 아파서 응가를 하면 된다고 알려주고, 쉬를 팬티에 했으면, 다음엔 더 잘할 수 있을 거라고 지속적으로 알려주었다.

육아휴직이 끝날 때쯤, 우리 둘째는 쉬는 아주 가끔 변기에 싸고, 팬티가 눈물을 많이 흘렸다. 응가는 완벽하게, 꼬마 변기에 골인하는 모습을 보면서, 그저 기다릴 뿐이다.

아이를 혼낼 수도 없고, 자기가 축축하면 불편한 것을 알아차릴 때까지 기다려야 할 뿐이다.

7. 기타 잡담

1. 신나는 월요병

금요일 밤이면, 토요일 아침에, 늦잠을 잘 수 있는 희망을 가질 수 있는 것이 좋다. 토요일 밤에는 일요일날 늦잠을 잘 수 있는 희망을 가질 수 있는 기대감이 있다.

일요일 밤에는 월요일 아침에 일어나야 한다는 것이 뭔가 석연치 않다.

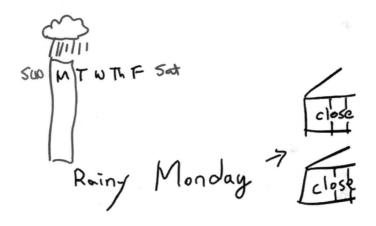

그림 61 아이와 있으면 월요일은 집에 있는 날이 많다.

엄마도 월요일 아침에 회사를 가야 하니 힘들다. 아빠는 집에서 아이들을 다시 어린이집에 보내야 한다. 어린이집에 보내고 나서 다시 집에 오면, 둘째와 아빠는 서로를 쳐다본다.

오늘은 뭘하지?

정확히는 월요일날 뭘하지?

대부분의 관람 목적 공공시설이 월요일에는 문을 닫는다.

박물관, 미술관, 놀이시설, 심지어는 사설 키즈카페도 문을 닫는 곳이 있다.

박물관 등은 자주 가는 곳인데, 월요병에 걸렸는데, 문을 닫아 뭔가 더 상심이 크다.

월요일날 문을 여는 곳은 마트. 카페. 그야말로 돈을 쓰는 곳이 문을 연다. 이런 곳은 아이가 신나게 놀지 못한다.

아이가 어떻게 하면 신나게 뛰어다니고, 재미난 경험을 할 수 있을까 라는 관점에서 월요일은 좀 쉬는 날이다. 주말에 놀았으니, 월요일은 잠시 쉬어가는 날이 될 수 있다.

주말에 어질러진 집을 월요일 날 다시 청소하는 날이기도 한다.

일요일 밤이면 스마트폰으로 내일 뭘 할까 검색을 하다가 지쳐 쓰러져 잠이 든다.

아침이면 집에서 신나게 놀아야지 생각을 하고...... 어디 나갈까 하고, 주변에 공원을 한바퀴 돌면서 하루를 마무리 하게 되는데, 공원에서 걸어 다니는 것도 꽤 재미난다.

하지만 비가 오는 월요일은 정말로 집에 있어야 한다.

난 이제부터 비가 오는 월요일은 싫어하기로 했다.

2. 스트레스쌓이기

아이와 같이 이유식을 먹고 있으면 갑자기 생각날 때가 있다.

보글 보글 끓는 라면,

쎈 불에 볶은 짜장 소스와 짜장면, 짬뽕

고기 향이 가득한 햄버거.

기름이 동실동실 떠있는 피자.

거품이 보글보글 올라오는 맥주.

일주일/이주일을 지내다 보면 식욕이 갑자기 기하 급수적으로 상승한다.

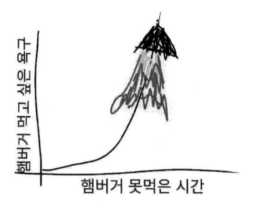

그림 62 햄버거 못 먹은 시간과 햄버거 먹고 싶은 욕구의 상관관계

이런 스트레스는 하루 종일 생각이 난다.

PC/모바일 게임을 하고 싶다. 하면 이것 또한 하루 종일 생각이 난다. 아이와 함께 있으면, 매운 것, 자극적인 것을 상대적으로 누릴 수 없다. 아이들이 잠을 잘 때까지 기다리다 잠이 들면 잠자리에서 나와, 스트레스를 해소 해야 한다.

땀을 뻘뻘 흘리거나, 손가락으로 키보드를 두들기면서, 맛있는 것을 먹어주면서 나의 머릿속에 스트레스를 해소시켜줘야 한다. 스트레스를 풀지 못하면, 힘들기 때문이다. 너무 仙人(선인) 처럼 아이와 있으려면 힘들다. 아이를 보는 것은 선인 레벨의 일이지만, 내 자신은 선인이 아니기 때문에, 이런 먹는 것 외에 뇌를 자극시켜서 스트레스를 해소하는 것이 육아에도 도움이 되는 것을 확실히 깨달았다.

아이들 엄마들에게 출산 후 주기적인 외출이 필요하듯, 육아휴직의 아빠에게도 이런 기회가 필요하다.

스트레스가 쌓이면, 주변에 도움을 요청하여, 반드시 해소하도록 해보자. 그렇지 않으면, 계속 괴롭힐 것이다. 라면, 피자, 만두, 햄버거, 맥주 등이.. 당신을 하루 종일 괴롭힐 것이다.

그림 63 스트레스 관리는 언제나 중요하다. 약속을 미리 정하고, 친구를 만나고 싶으면, 일정조정을 하고, 스트레스 관리를 하고 오면 된다.

3. 이웃과 놀기/이웃 할머니

:아이 친구와 놀기

내 또래 친구도 우리 아이들과 같은 년도에 아이를 낳았다. 친구도 동갑, 아이도 동갑. 놀기 안성맞춤이다.

하지만 아이들끼리 놀게 날짜와 시간을 맞추어 보아도, 항상 당일이 되면 그 약속은 연기되거나 취소가 되는 일이 많다. 아이가 언제 어떻게 아플 줄 모르기 때문이다. 형제가 있게 되면, 그 확률은 X2로 증가한다. 왜냐하면 큰아이가 아프지 않아도 형제가 아프면, 그 집에 놀러가지 못하거나, 우리 집에 놀러 올 수 없기 때문이다. 아이들이 아프면, 대부분 전염이 쉽게 되기 때문에, 아이의 건강을 위해서, 친구의 건강을 위해서 굳이 같이 놀게 할 필요는 없기 때문이다.

우연한 기회에 만나거나, 정말로 건강할 때 신나게 노는 것을 목표로 해야 한다고 생각하면 마음이 편할 것이다.

마찬가지로 이웃집 아이들도 마찬가지였다. 이웃집 아이와 놀려면, 요즘 같은 사회엔, 왠지 놀기가 힘들다. 아파트에 살면서 왠지 더 가까운데, 왠지 더 멀리 있는 느낌이랄까. 옛날 책을 보면, 담장 너머로 친구 이름 부르면서 노는 시절은 역사 속 한 장면이 된 것 같아, 왠지 서글프다. 담장이 아닌 두터운 현관문으로 가려져 있는 이웃.

아이들이 놀러가서 놀자~ 보다, 부모끼리 맞아서 노는 경우가 상대적으로 많은 것 같다.

: 이웃 할머니

둘째와 똑 같은 해에 태어난 아이가 옆집에 살고 있다. 부모가 맞벌이라, 할머니께서 육아휴직을 하시고 아이 집에서 아이를 돌보고 계신다.

육아휴직을 하고 있는 나와, 육아휴직을 하고 계신 옆집 할머니, 아이도 나이도 같고 하지만. 우리 둘째가 옆집 아이와 노는 것을 별로 좋아하지 않는다. 엘리베이터 앞에서 우연히 만나면 서로 낯을 가린다. 때문에 내가 놀자고 해도, 아이가 놀지 않으니, 별 수 없다. 육아휴직 중 옆집에도 놀러가서 차 한잔 하고 싶었지만, 그럴 기회가 딱히 없게 되었다.

밖에서 만나서 인사하며 서로의 안부를 물으며 지나가는 옆집 할머니와 육아휴직 한 본인이었다.

할머니께서 가끔 이렇게 인사한다.

"힘들죠?"

말을 하지 않아도 서로 공감을 하게 되는 것 같다. 하지만 나보다 할머니께서 더 힘드시지 않으실까? 나는 상대적으로 나이도 적고, 아빠의 힘이 있으니. 가끔 할머니께서 감기에 걸리셨다고 하면, 안타까운 마음을 금할 수 없다.

4. 아빠의 육아를 다루는 TV 매체

예능 방송에서 아빠가 아이와 함께 지내는 프로그램이 있다. 엄마는 잠시 외출을 하고, 오로지, 아빠와 아이만 집에 있으면서 발생하는 일을 영상에 담았다.

아빠의 좌우충돌 육아 기행을 예능으로 승화시킨 것이다. 유명한 세쌍둥이도 있고, 형제도 있고, 남매도 있고, 쌍둥이도 있다.

아이가 태어나기 전에, 결혼하고 나서 얼마 지나지 않아, 프로그램이 시작이 되었는데, 정말 인기가 많았다. 엄마보다 뭔가 익숙하지 않은 모습이 시청자들에게 큰 공감대를 얻었었고, 그 과정에 꽤나 웃음을 동반하여, 그리고, 아이들의 귀여움이 시청자들을 사로잡았다.

아이가 태어나기 전에는 나도 저런 아빠가 될 지, 아니면 더 멋진 아빠가 될지, 그렇지 않으면, 예능보다 못하는 아빠가 될지, 상상조차 해보지 못했다. 그저 화면을 보고 웃을 뿐이었다.

아이가 태어나고 난 후, 이제 예능은 나의 현실이 되었다.

아이들에게 밥을 해서 먹이는 일,

아이들 옷 입히는 일

아이들 두 명 안고 어린이집에 가는 일

둘째와 집에서 굴러다니면서 노는 일

첫째 데리러 가는 일

엄마 데리러 가는 일

남들이 보면 웃음이 나오는 예능 프로였지만, 우리 아이들과 함께 지내면서 웃음은 우리 아이들의 얼굴에서 행동에서 나왔다. 나의 삶이 예능이 된 것이다.

TV에서 나오는 행복이 있을 수 있지만, 나의 삶에서도 나오는 행복은 그것 보다 더 크다는 것을 알 수 있었다.

예를 들어, TV프로에서 아빠가 아이들에게 음식을 해줘서 잘 먹으면 기분이 참 좋다. 하지만 실제로, 내가 음식을 해서 아이들이 잘 먹으면 기분이 더 좋다. 행복은 멀리 있지 않다. 항상 현재에 이다.

그렇지만, 그 행복을 느끼고 싶으면, 당장 행동을 해야 한다. 음식을 해주지 않으면 아이가 먹을 수 없는 것처럼 말이다. 행동을 취하는 것이 좀 번거롭기는 하지만, 아이가 크는 모습을 보면, 번거로움은 저 멀리 날아간다.

5. 해머 드릴

시멘트 벽에 못을 박아야 할 일이 생겼다. 시멘트 벽에는 망치로 못을 박지 못한다. 해머 드릴로 구멍을 파내야 한다. 해머 드릴은 보통 드릴보다 크고, 날도 보통 날보다는 강해, 단단한 시멘트를 뚫을 수 있다. 해머 드릴을 이용하려면 시끄럽기 때문에, 낮 시간에 해야 하는데, 아이가 깨어 있을 때 해야 한다.

그림 64 아이와 함께 해머드릴 사용을 못하니, 아이는 방에 들어가 있으라고 한다.

아이가 자고 있는데, 시끄럽게 하면 깨고, 깨고 나서 드릴질을 이어 할 수 없을 것 같다.

이래저래 생각하다가, 아이가 깨어 있을 때 드릴을 이용해 구멍을 내기로 결정하였다.

해머 드릴을 빌려왔다. 해머 드릴을 아이에게 보여준다. 이거 크고 위험한 거라고 알려준다. 위험하지 않게, 멀리서 작동시켜, 큰 소리가 나는 것도 보여준다. 이거 사용하면 큰소리가 나니, 둘째는 방에서 혼자 놀고 있으라고 말했다.

그러니까 진짜로 혼자 방에서 놀고 있는 것을 확인할 수 있었다.

그 사이에 드릴을 이용해서 구멍을 두 곳에 파냈다.

잠시 쉬는 시간에 아이가 나와서 아빠를 찾았지만, 아빠가 다시 이야기했다. 아직 끝나지 않았다고, 시멘트 먼지도 많아 조심해야 한다고 알려주었다.

그리고 아이는 방에 들어가서 혼자 꼬물꼬물 놀기 시작했다. 아이가 이때, 20개월인가 그랬을 것이다. 말귀를 알아듣는 것이 신기했다.

아이가 방에서 혼자 잘 노는 사이에 모든 구멍을 원하는 데로 파는 것에 성공하였다. 아이가 협조를 의외로 잘 해주었다.

아이와 함께 있다고 모든 일을 할 수 없다고 생각하지 않으면 좋겠다. 아이에게 잘 일러주면 어떤 일이든 아이와 함께 할 수 있다고 생각한다.

사실 해머 드릴을 어떻게 사용할까 고민이 많이 되었는데, 아저씨가 와서 도와주거나, 엄마가 있을 때 하거나, 생각했는데, 계속 시간이 맞지 않고 번거롭게 되더라. 그래서 과감하게 일을 진행했는데 성공적으로 일을 진행하게 되어 깜짝 놀랐다.

하고 싶은 일이 있을 땐 아이와 과감하게 진행해보자. 아이가 정 싫어하면 다음에 하면 된다.

6. 전염병

전염병은 정말 전염이 강하다. 이토록 전염성이 강한 병이 있을 줄이야. 매일매일 늘어나는 확진자 수를 보면서, 과연 밖에 나갈 수 있을지 생각하게 된다.

시에서, 나라에서, 어린이집을 강제 휴원시킨다. 엄마 회사는 휴원을 하지 않기 때문에, 아이들은 집에 있고, 육아휴직을 한 아빠는 집에 있는다. 아빠와 아이 둘이 집안에서 누구의 명령도 받지 않은 자가 격리가 시작된다.

밖에 나가는 일은 신중 해진다.

집에서 재미있는 일을 만들어야 한다.

신나는 장난감, 신나는 TV, 신나는 음식 만들기, 신나는 목욕 등을 생각해본다.

신나는 몸 놀이, 신나는 뛰어다니기.

맞벌이들이 이럴 때 힘들다. 어린이집이 휴원을 한다지만 긴급보육은 진행한다. 정말로 아이를 돌볼 수 없으면 어린이집에 늘 하듯이 보내면 된다. 다만, 어린이집에는 아이들이 몇 명 오지 않는다.

아이들을 어린이집 보내도 되지만, 뭔가 불안하다. 아이들도 없으니, 아이를 보내면 뭔가 심심할 듯하다. 친척들이 도와준다. 친척들의 건강상태도 중요하다.

어린이집 휴원이 전염병을 막는 데는 도움이 될 수 있지만, 맞벌이들에게는 뭔가 한 번쯤 생각해봐야 되는 ... 뭔가 이상하다.

지금 육아휴직 상태에서 전염병이 돌고 있어, 아이들이 안심하고, 어른이 집에 상주하며 아이들을 돌볼 수 있지만, 만약에 내가 직장에 나가고 있는 상태에서, 엄마도 직장에 나가고 있는 상태에서 어린이집이 휴원을 한다면?

뭔가...... 회사도 어린이집처럼 쉬어야 하지 않을까 하는 생각이 든다.

모두를 배려할 수 있는 정책은 불가능하지만, 모두를 고려한 정책이 나오길 바랄 뿐이다.

7. 아이 둘 돌보기, 둘 다 차에서 잠들었다.

가끔 첫째가 어린이집에 등원을 하지 않는 경우가 있다. 첫째가 아프다든가, 방학을 했다 던지, 여러가지 다른 이유에서 말이다. 아빠 혼자 아이를 둘 돌보는 시간이 있다. 이때 가장 큰 애로 사항은 잘 놀고 집에 도착했는데 아이들 두 명이 모두 차에서 잠들 경우이다.

그림 65 허벅지에 힘을 주고 두 아이를 한꺼번에 안고 이동한다.

어른은 혼자이고, 아이는 두 명이다. 첫째는 17kg, 둘째는 11kg 이다.

첫째를 깨우면 좀 투정을 부릴 것이고, 둘째는 더 재워야 한다. 둘다 계속 재우고 싶은데, 어떻게 해야 할까. 집에는 도착했다.

둘다 안고 집에 가야 한다.

먼저 뒷자리 요리조리 이동하며, 아이들 카시트 안전벨트를 모두 풀어놓는다.

먼저 첫째를 안는다. 자고 있지만, 무의식 중에 아빠 어깨에 안긴다.

첫째를 안고, 둘째 자리로 이동한다. 첫째를 안은 팔을 살살 더 길게 만들어 둘째를 잡아당기면서 다른 어깨에 둘째를 안는다.

첫째와 둘째를 안고 허리에 힘을 팍 주고, 집으로 향한다. 엘리베이터, 현관 비밀번호를 하나하나 간신히 누른다. 점점 미끄러져 내려오는 아이들을 간신히 붙잡고 현관 손잡이를 돌려 집에 들어와서 살살 이부자리에 눕히는데, 살짝 첫째가 미끄러졌다.

첫째가 잠에서 깨어 버렸다.

둘째를 살살 내려놓는데, 둘째도 잠에서 깨어 버렸다.

난 왜 아이 두 명을 안고 집으로 온 것인가?

8. 집으로 향하는 미션

현재 아파트 건물과 유사한 곳에 살고 있다. 지하주차장도 있고, 엘리베이터도 있고, 일반적인 아파트이다. 아이와 놀다 보면 아이가 중간에 자는 경우가 있다. 아이를 안고 집 안에 눕혀야 되는데, 차에서 집으로 가는 길을 상세히 한번 살펴보자.

그림 66 자고 있는 아이와 집으로 가는 길은 의외로 고난이도다.

먼저 차에서 아이를 안고 이동한다. 차가 많이 주차가 되어 있으면 지하주차장 구석에 차를 댄다. 차에서 현관까지 꽤 걷는다.

아파트 현관문을 만난다. 비밀번호를 눌러야 한다. (소리가 나는데, 이 소리에 아이가 깰까 조심스레 누른다. 하지만 소리는 줄여져 있지 않아 큰 소리가 난다)

자동문이 스르르륵 열리는데, 이 소리가 아이가 잘 때면 더 크게 느껴진다. 자동문이 열리고 나면 엘리베이터 버튼을 누른다.

엘리베이터가 도착하여 문이 열린다. 엘리베이터에 들어가 엘리베이터 버튼을 한 손으로 눌러야 한다. 아빠가 움직여서 아이가 깰까 봐 살살 누른다. 몇 층을 눌렀는지 소리가 난다.

아빠가 요리조리 자세를 바꾸니, 아이가 불편한지 꿈틀 한다. 아이가 점점 무거워진다. 축 늘어져 있어 흘러내리기도 한다.

엘리베이터가 올라가고 도착한다. 엘리베이터의 음성 소리는 자꾸 난다. 이 소리도 시끄럽다고 느껴진다.

문이 열리고 우리 집 현관으로 걸어간다.

전자 도어록 비밀번호를 누른다. 이것 또한 계속 소리가 난다. 현관 손잡이를 덜컥 열기 위해 몸을 자꾸 움직이니, 아이가 어깨에서 뒤척인다.

집안에 들어와 신발을 벗고, 이부자리로 향한다. 아이를 살살 눕힌다.

아이를 눕히고, 지금까지 돌아온 길을 생각해본다. 대략 3~4분이 걸리는 길이다. 소리도 계속 나고. 아파트에서 사는 점이 장점도 많지만 아이를 어깨에서 재울 때는 집으로 오는 길이 좀 길게도 느껴진다.

고층 아파트에 살면 엘리베이터에서 시간을 좀 더 많이 잡아먹을 텐데. 아빠의 허리 근육이 탄탄해야 할 것이다. 아이가 자고 있을 때 엘리베이터를 타고 집으로 돌아가려면 말이다.

9. 드래곤볼

짬이 날 때 간간히 보는 만화책이 있다. 80년대생이 보는 만화야 늘 그렇듯이 어렸을 때 보던 일본 만화가 대부분이다. 그 중 유명한 것 두가지를 뽑자면 "슬램덩크"와 "드래곤볼"이다. 드래곤볼이 왜 육아휴직과 관련이 있는지 한 번 살펴보자.

주인공인 손오공은 어렸을 때 만난 찌찌라는 여성과 인연이 되어 결혼하게 된다. 천하제일무술대회에서 만나 서로를 알아보고 결혼을 하게 되는데, 이후에 아들 손오반을 낳게 되고, 손오공은 훈련과 전투에 매진한다. 전투에 매진하면서 지구와 지구에 사는 모든 생명체를 구하는 슈퍼 히어로이다.

손오공은 사이어인으로, 외계에서 온 전투종족이다. 즉, 전투를 매일 갈망하는 유전자가 박혀있다. 이 유전자는 매일같이 싸울 상대를 갈망하고, 더욱 강해지고 싶은 욕구로 가득 차 있다.

손오공이 육아에 참여했는가? 라는 관점에서 살펴보자.

손오공은 신혼 후에 오반과 찌찌와 약 2년여기간을 같이 산다. 이후에 오반을 낳고 외계에서 온 라데츠(손오공의 형)과 싸우다가 죽고 만다. 어린 오반은 1년여 기간 피콜로의 손에 자라게 되고, 손오공은 저승에서 계왕과 함께 훈련한다.

베지터와 싸운 후에, 손오공과 손오반은 나메크 행성으로 이동하여, 프리더를 물리친다. 손오반이 나메크 행성에 간다고 했을 때 찌찌가 한 말이 인상깊다.

"지구의 미래보다 내 자식인 오반이 더 중요하다"

프리더를 물리친 후 1년여 동안 손오공은 우주를 방황하다가 지구에 온다.

인조인간라는 악한이 나타나기 전까지, 손오공 찌찌, 손오반은 한 집에서 살았지만, 손오공은 손오반을 3년간 전투훈련을 시키게 되었다. 이때 찌찌가 한말이 인상깊다.

"도대체 당신 직장도 없이 나한테 오반 키우는 걸 모두 맡겼잖아!"

"결혼 하고 나서 한 푼이라도 벌어온 적 있어?"

그러자 손오공은 이와 같이 대답한다

"그런 말 하면 찔리지만, 지금은 그런 거 따질 때가 아니라고" 하면서 대답을 회피한다.

더 이야기하지 않아도 손오공은 직장도 없이 떠돌아다니는 싸움꾼이다.

경제적인 도움, 물리적 도움은 거의 없다시피 하고, 찌찌는 오로지 사랑으로 오반을 키우게 된다.

슈퍼히어로의 가정사는 결코 평화롭지 않을 것 같다. 손오공의 아내 찌찌가 손오공을 계속 데리고 사는 이유가 뭔지 궁금할 정도이다.

인조인간 셀과의 전투가 끝나면, 오반의 공부를 방해 못하게 하고, 오공은 반드시 돈을 벌어야 한다고 했지만, 손오공은 죽어버리고 저승에 간다.

손오공이 죽기 전에 손오공은 손오천이라는 둘째아들의 씨앗을 남기지만 7년동안 저승에서 한번도 이승으로 오지 않았다. 찌찌에겐 아이 둘을 "독박 육아" 시킨 것이다.

손오공의 진정한 라이벌인 베지터 또한 다르지 않다. 작중에 부르마가 하는 말이 있다.

"이 사람은 일이란 것을 해 본적이 없어"

가족과 함께 있으면서 오직 싸우기 위해 훈련만 한 것이다.

이 무슨 조화일까.

육아보다 지구의 미래가 중요한 것인가?

찌찌가 육아를 잘 했기에 손오반이 전투에 참가하여 지구의 미래를 구하게 된 결과를 가지고 왔지만, 손오공이 육아를 잘 참여 했다면, 지구의 미래는 어찌되었을까?

손오공이 훈련을 하지 않고, 육아휴직을 했다면, 지구의 미래는 어찌되었을까?

지구의 미래는 독자의 상상에 맡긴다.

10. Death

다섯 살 여섯 살 또래 꼬마아이에게 죽음은 너무 가혹한가 보다. 상상이 잘 되지 않나 보다. 하늘나라로 간다고 설명해 주면, 하늘나라가 무엇이냐고, 하늘나라는 어디 있는지, 하늘나라에서는 어떻게 먹고 자는지 궁금하다고 한다.

어느 날 하늘나라 이야기 도중, 차례차례 하늘나라에 간다고 하니 가기 싫다고 크게 목놓아 운다. 그걸 본 둘째가 첫째를 따라 목놓아 운다. 아는지 모르는지 운다.

막연하고, 상상이 되지 않으면 무서운 것은 인간의 본성이다. 해보지 않은 것, 해보려고 상상조차 못했던 것. 아이들에게 죽음이란 그런 것이라고 생각된다.

그에 반해 어른들에겐 죽음이란 어떻게 다가올까? 일상생활에서도 들려오는 여러 소식을 보면, 결코 반갑지 않은 것은 사실이다. 특히 자녀들이 불가항력으로 하늘나라로 떠나는 소식이 언론에서 들려오면, 상상조차 할 수 없는 슬픔이 떠오르는 것은 당연하다.

반대로 본인의 하늘나라 행을 상상해 본다면, 그것 또한 남겨진 사람들에게는 크나큰 상실이 될 것이다.

영화 About time,

드라마 별에서 온그대

영화, Dead poet's society

306

죽음을 맞이하게 전에 이 창작물들을 보면, 지금 있는 시간이 그렇게 소중한 지 모르겠다. 하지만 남는 시간에는 핸드폰을 만지작 거리는 나를 보며 항상 반성하지만 말이다.

아이들에게 좀더 좋은 아빠가 되길 바라면서, 아이들에게 좀더 좋은 어른이었다는 것을 알려주려고, 라고 생각하는게 아닌,

내가 더 사랑을 어떻게 조금 더 줘야할까,

지금과 앞으로 어떻게 조금 더 아이의 길을 알려줘야 할까.

내가 쌓아온 경험을 어떻게 더 많이 물려주어야 할까.

위의 사항들을 생각하면, 시간이 매우 부족해지는 것은 사실이다. 지금은 꼬마이지만, 아기이지만, 말귀가 알아들으면 더 많이 이야기하고 싶고, 더 많이 알려주고 싶고, 그러고 싶다.

육아휴직 중에 방금 전 언급한 내용들을 지금 영아이고 유아인 아이들에게 전달해주고 싶어도, 그럴 수 없다. 왜냐하면 아이들은 뛰어다니고, 집안 사방을 엎지르면서 낙서하고, 그런다.

육아휴직때에는 아이들이 건강하게 자라게 하는 것이 가장 제일의 목표이기 때문이다.

이 시기가 아이들에게 어떻게 기억될 지 모르겠다. 주로 아빠와 함께 있던 둘째 에게는 어떻게 기억될까. 커서는 기억

하지 못하겠지만,

본인들이 만 1세, 만 2세때의 일을 기억하는가?

어린 유아들에게 뱃속에 있었던 일을 말해보라고 하면, 이래저래 말을 한다.

어디서 들었던 것을 말했던 건지, 엄마아빠가 지속적으로 이야기한 것을 듣고 기억하는 것인지.

아이들은 엄마 몸에서 태어나기 전에 엄마 뱃속에서 씨앗 같은 크기에서 아기로 10개월동안 자라게 된다.

아빠의 육아휴직이란 아빠가 아이들을 가족과 함께 품는 시간이라고 생각된다.

따뜻한 엄마 뱃속은 아니지만, 차가운 세상 밖에서 남자의 저음 목소리가 아이들과 교감하며, 때로는 과감한 놀이로, 때로는 과격한 저음으로 따뜻하게 아이들을 품는 시간은 남성 육아휴직이란 시간 뿐 인 것 같다.

아이들이 크면, 더 세상 밖으로 나가려고 아빠 품에 있으려고 하지 않을 것이다. 친구들을 만나려고, 더 재미있는 놀이를 하러 말이다. 본인이 어렸을 때는 아빠가 김치 찢어주는 것도 싫어했는데, 앞으로 아이들이 더 아빠 말을 들을 새가 있을까?

가족이 생기면 가족에게 시간을 투자하는 것이 당연한 것 아닌가? 세계 어느 나라, 지구상의 어떤 동물, 식물들도 가족에게 시간을 투자한다. 가족과 만날 수 없는 바쁜 직장은 최근에는 기피대상이 되고 있다. 세상의 만족이 직장이 아닌 가족인 것은 자명하다.

산업화가 됨에 따라 근 50년 안에서도 가족의 형태 및 틀을 계속 변화시키고 있다. 이러한 변화 속에 가장 중요한 것은 서로에 대한 관심 및 사랑의 표현이라고 생각한다. 육아휴직 또한 서로가 어떻게 변화하는지, 지속적으로 사랑을 표현할 수 있는 기회라고 생각하고, 엄마가 아길 품듯이 아빠가 아기를 품는 시간을 꼭 가져보라고 권하고 싶다.

8. 육아휴직을 마치며

1. 아이들이 커간다.

육아휴직이 끝나갈 무렵, 이웃집 친구들이 눌러왔다. 주로 첫째 또래들이 눌러왔다. 첫째와 아이들이 함께 놀고 있으려니 했는데, 둘째도 따라가서 기웃거린다. 첫째와 친구들이 놀고 있는데, 둘째도 같이 뛰어다니고, 이 방 저 방을 왔다 갔다 한다.

기어만 다니던 둘째가 걸어서, 첫째와 나이 많은 친구들과도 놀 수 있는 짬이 된 것이다.

목욕탕에 첫째와 둘째가 같이 있으면 첫째가 둘째에게 얼굴에 물도 부어 둘째를 울렸는데, 거꾸로인 상황도 가끔 연출이 된다. 둘째가 물컵으로 첫째 에게 물을 부어 첫째가 우는 상황도 연출이 된다.

첫째가 둘째를 밟지 않을까 걱정했는데, 둘째가 첫째를 혼내는 상황도 나온다.

언제나 밥을 먹여주던 둘째인데, 어느새 숟가락을 혼자 들고, 밥을 스스로 먹는다.

첫째도 옷을 항상 준비해주고 입혀줬는데, 둘째를 칫솔질하는 사이에 뒤돌아보니, 혼자 옷도 고르고 혼자 양말까지 신고 있는 모습도 볼 수 있었다.

항상 어른이 옆에 있어서 아이들을 봐줘야 했는데, 1년 이란 시간이 지나고, 둘이 같이, 어른이 없어도 될 정도로, 우애 깊게 놀고 있을 때도 있었다.

한 번은 10개짜리 비타민 사탕을 아침 후식으로 나눠줬다. 10개를 다 먹으면 안되니, 아마 2개씩 먹으라고 나누어 주고, 나머지는 부엌 카운터 위에 올려 났다. 내가 설거지를 하고 있었는데, 설거지 양이 많아 고전하고 있었다. 아이들은 조용히 비타민을 먹고 있겠거나 했다. 설거지를 다 마칠 무렵까지도 아이들이 조용히 있었다.

알고 보니, 내가 설거지에 집중을 하고 있는 사이, 첫째와 둘째가 부엌으로 한 번 왔다 간 것이다. 비타민을 가지고 말이다. 첫째가 가위로 비타민을 까주면, 둘째가 먹고, 첫째는 가위로 자기가 먹을 비타민도 또 꺼내 먹고. 남아 있는 비타민을 모두 다 먹게 된 것이다.

내가 여기서 놀랐던 것은 남아있는 비타민을 먹은 것 때문이 아니라, 형제가 사이 좋게, 싸우지 않고, 비타민을 아빠 몰래 조용히, 둘이서 함께 먹었다는 것 때문이었다. 이전까지 아빠가 지속적으로 좀 도와줘야 했던 것 같은데, 둘이서 독립한 기분이 들었 달까?

아무리 어린 아이들이라도, 자기가 하고 싶은 것은 꼭 해야 하는 성질이 있는 것 같다.

육아휴직을 마칠 무렵, 아이들은 아빠 없이 아침에 잘 놀고 있게 되었다.

앞으로도 이런 식으로만 잘 가면, 3월달에 아이들을 어린이 집에 보내고, 드디어 육아휴직을 의미 있게 마무리 하나 싶 었다. (하지만......)

2. 출근이 언제지?

출근을 하기 사흘 전, 첫째와 산책을 나갔다. 둘이 데이트를 하며 공원을 걸었다.

"첫째야, 이제 아빠 회사 간다~"

말을 하니, 첫째가 대답을 한다

"아빠 축하해~ 이제 회사를 갈 수 있어~"

"맞아 아빠 그동안은 첫째와 둘째 돌보느라 집에 있었는데, 이제 회사를 다시 갈 때가 되었어"

그 동안 아빠가 집에만 있다는 것을 아는 것인지, 다른 아빠와는 달리 집에만 있었다는 것을 눈치챘던 것인지.

사실 아이 면에서는 아빠가 집에 있다는 것을 다른 집 아이와 일대일 비교가 불가능 할 것이다. 아이가 느끼기에는 "아빠가 그냥 집에 있구나 " 라고 느낄 테지, "우리 아빠는 다른 아빠와는 달리 집에 있어" 라고 느끼진 않았을 테니 말이다.

내가 말했다.

"아빠 계속 첫째 하고, 둘째 하고 계속 집에 있고 싶다~"

라고 말하니,

"아빠, 이제 회사 가야지~"

이게 무슨 말인가? 아빠가 아이들과 있어서 즐거웠던 것을 아는 것인지, 그동안의 노고를 인정해주는 것인지 했지만 ……

"아빠 이제, 돈 벌어서 내 용돈도 주고 그래야지~ 맛있는 것도 먹고 그래야지~"

그렇다. 용돈을 받고 있었던 딸이, 자기 생각이 다 있어서 아빠 보고 회사에 가라고 한 것이다.

그래도 좋았다. 아빠 보고 회사 가라고 했던 말이 왠지, 아빠가 그동안 고생했다고 느껴졌다.

"아빠 회사 가면, 아빠 낮에도 없고 그러는데 잘 있을 수 있어?"

"아빠 없이도 잘 있지~"

이제 겨우 여섯 살인데, 변호사보다 말을 잘한다. 왠지 회사에 잘 가서 열심히 일을 할 것 같다.

: 추억 되새기기

엄마랑 첫째랑 둘째 랑 다같이 있는 자리에서, 아빠가 회사를 다시 간다니, 옛날 생각이 났다. 엄마는 새벽에 회사를 가기 때문에, 아침 어린이집 등원시간에 대부분 없었다. 그 시간만은 아이들과 아빠만의 추억이 있는 시간이다. 아침에 준비하는 시간이야 말로 추억 같은 시간이 되어버렸다.

육아휴직 초기에는 군기가 들어있었지만, 육아휴직 말기에는 군기가 빠져 오징어처럼 늘어져버린 아빠와, 아빠와 즐겁게 놀아주는 아이들.

자~ 어린이집 가자~ 하고 그랬던 시절을 엄마와 아이들과 같이 되새겨본다.

"첫째야 옷 입어야지~좋아하는 옷 골라서 와요~"

"둘째야, 양치질 해야지~, 도망가지 말고~"

이런 이야기를 해주니, 첫째가 반응한다.

"맞아 우리 그랬었지, 작년에는 내가 많이 울고 그랬지만, 이제는 그러지 않아"

첫째와 둘째와 아빠만의 추억이 생긴 것이다. 아이들에게도 뭔가 아빠와 뒹굴었다는 기억이 생긴 것 같다.

아빠의 거친 손으로 아이들을 옷을 입히고, 아침을 먹이고, 세안을 시키고, 로션을 바르고. 아침에 놀고 TV도 보고, 차를 타고, 자전거를 타고 어린이집에 왔다 가고.

첫째는 커서 어렴풋이 이 장면을 기억하겠지만, 아빠와 진하게 붙어있었던 둘째는 이 장면들을 커서 기억할 수 있을까? 당장 나만해도 내가 두 살이었을 때, 세 살이었을 때의 기억이 전혀 없다.

이렇게 추억을 서로 공유하고, 아빠는 출근이 다가오는 것을 몸으로 느낀다.

하루, 이틀 지나가면서 출근 날짜가 다가온다. 당분간은 Covid-19로 인하여 어린이집이 휴원 상태이기 때문에, 아빠와 어린이집 갈 일은 없을 것이다. 아빠는 회사에 가고, 엄마도 회사에 갈 것이다. 아이들은 외할머니와 함께, 당분간 하루를 보낼 것이다.

코로나 바이러스로 인한 추억도 생길 것이고, 아빠가 회사에 가서 출장을 가는 추억도 생길 것이다.

육아휴직이 아빠가 아이들을 기억하는 방법을 만들어주는 것 이외에, 아이들이 아빠에 대한 기억도 만들어주는 것 같다.

아빠는 당연히 아이들과 놀았던 기억이 생생하다. 사진을 보면서, 아이들 목소리를 들으면서 기억을 한다. 아이들은 아빠를 어떻게 기억하게 될까?

출근하기 전에 되돌아보면서 육아휴직이 아이들에게 의미 있는 기간이었으면 한다.

3. 출근을 하고 난 일주일 뒤

핸드폰 사진 앨범에 과거의 행적을 보여주는 사진이 나타난다. 6개월전에는 내가 무엇을 하고 있었는지.

우연히 사진 앨범을 열어보니, 둘째와 산 정상에 간 사진이 나온다. 그때는 둘째도 많이 어렸고, 지금과 많이 다른 얼굴을 하고 있었다. 나의 얼굴도 직장에 다니고 있는 나의 얼굴과도 다르다.

괜히 그때가 그리워진다.

둘째와 집에서 신나게 놀고, 샤워하고, 간식 먹고 놀고 있을 시간에 나는 회사에서 열심히 일을 한다.

직장에 나와 있는 시간에 사진 앨범을 보면 몇 분 걸리지도 않는 거리에 있는 아이들이 매우 보고 싶다.

그런다고 일을 그만할까?

아빠가 아이들 용돈 줘야 하니까 회사 나가야 한다고 첫째가 말한다.

육아휴직을 마치고 회사에 돌아오니, 사람들이 의외로 무덤덤하다. 내가 육아휴직을 갔는지, 전혀 모르는 사람도 있고, 나와 관련된 일을 같이 한 사람들, 지인들 만이 내가 육아휴직을 한 줄 안다. 진짜로 오랜만에 본다고 인사하고, 육아휴직의 육자도 꺼내지도 않는다.

반갑게 인사하는 사람들과 회사에서 일을 할 수 있는 기회,

아이들과 집에서 편안히 있으면서 아이의 성장을 볼 수 있는 기회.

두 기회 모두 좋은 기회다.

육아휴직을 하고 나니 회사에서 좀더 일을 열심히 하는가? 첫째 용돈 벌어줄 만큼 꼭 해야 한다.

둘째가 커가는 모습을 보려면 더욱 회사에서 일을 성실히 해야 할 것 같다.

아이들은 아직 전염병 여파로 집에 있고, 지금은 3박 4일 출장으로 멀리 나와있지만, 아이들이 건강하게 크길 바랄 뿐이다. 나도 안전하게 집에 돌아가, 아이들과 노는 것이 최고의 꿈이 되고 있는 것 같다.

오늘도 무사히 집에 잘 돌아갈 수 있기를.

4. 육아휴직 끝나고 난 주말.

육아휴직이 끝나고, 회사에 3주일 정도 다시 나갔다. 월요일 -금요일은 회사에 가고, 엄마도 월요일-금요일은 회사에 간다. 저녁에는 온 가족이 다 있고.

뭔가 허전하다. 바로, 아빠와 아이들만 있는 시간이 좀 없어진 것이다. 육아휴직을 했을 때는 항상 아이들 옆에는 아빠가 있었는데, 아빠가 아이들 옆에 없는 시간이 자연스레 증가된 것이다.

어느 주말 오전이다. 엄마가 장을 보러 혼자 나가고, 집에는 아이들과 아빠만 셋만 남게 되었다.

그리고, 아빠가 집 정리를 하고, 아이들은 집 안에서 노는 시간을 가지고 있었다.

아빠가 이래저래 집을 왔다 갔다 하니 갑자기 첫째가 이런 말을 한다.

" 아빠~ 아빠가 회사 가지 않고 집에 있고, 우리도 이렇게 있으니까, 아빠 육아휴직 한 때가 생각나~"

이 말을 들었을 때, 아이들이 아빠가 집에 있었던 때를 기억하는 것이 고마웠다. 눈물이 앞을 가릴 뻔했지만, 그러면 너무 신파극이니까.

"아빠도 그때가 기억이 나~, 첫째와 둘째와 같이 집에서 있으니까 아빠도 너무 좋다~"

엄마가 없이 아빠와 아이들만 있는 이 기억.

나만 기억하는 줄 알았는데, 아이들도 기억하다니.

이것이 육아휴직을 한 효과인가. 육아휴직이 어떠한 효과를 가져다 주는지는 육아휴직이 끝날지 한달도 안되어 하나 알 수 있었다.

아이들이 아빠가 집에 있었다는 것, 꽤 오랜 시간 집에 있었다는 것을 기억한다는 것이, 육아휴직을 한 결과이다.

아빠가 회사에 가지 않고 아이들과 오랜 시간 보냈다는 것.

이것 말고, 다른 육아휴직으로 인한 효과나 결과를 이야기 하기에는 아직 이른 것 같다.

아이들에게 아빠의 시간을 쏟아준 것, 그것을 아이들이 기억해준 것이, 육아휴직의 효과라고 생각한다.

반대로, 내 나이 또래들이 아빠가 오랜 시간 집에 있던 기억을 찾아보면.. 좀 어려울 것이다.

왜냐하면, 우리 이전 세대의 아빠들은 회사에 나가기 바빴기 때문이다.

아빠가 되어 아이들에게 가장 해줘야 할 일이 무엇일까? 사랑을 쏟아주는 일라고 생각한다. 사랑을 쏟아주려고 하면, 시간이 드는 일이니.

물론 시간을 아껴가면서 사랑을 쏟아줄 수도 있다. 사랑을 한번에 많이, 또는 조금씩 지속적으로 줄 수도 있다. 어떻게 해야 사랑을 많이 쏟아줄 수 있을까?

아이들에게, 가족에게, 어제 보다 더 사랑을 줄 수 있는 행복한 기회가 이어지기를 간절히 바란다.

9. 책을 마치며

처음에는 단지 육아휴직을 한 남자라는 내 자신이 뭔가 특별해 보였다. 하지만 아이들과 지내면서 특별한 사람이 되는 것보다도, 그저 아빠가 집에 있을 뿐이고, 아빠와 더 많이 시간을 지내는 그런... 멀리서 보면 가족의 구성원인 아빠가 되는 것이다.

아빠라는 단어가 평범하지만 매우 행복한 단어이다. 사랑하는 사람들과 함께 있음을 깨닫게 해주는 단어이다.

2020년은 Covid-19로 인하여 2019년과 전혀 다른 생활을 지내고 있다. 2019년에는 평범하게 갔던 박물관, 마트 등이 2020년에는 손에 닿을 수 없는 신기루와 같은 장소가 되어 버렸다.

항상 지금을 가장 소중하고 행복하다고 느끼며, 어제보다 더 좋은 오늘, 오늘보다 더 신나는 내일을 꿈꾸며, 이 책을 마친다.